슬슬 거닐다

슬슬 거닐다

1판 1쇄 발행 2021년 10월 31일

글 박여진
사 진 백홍기
펴 낸 이 신혜경
펴 낸 곳 마음의숲

대 표 권대웅
편집주간 박현종
편 집 채수회 김혜원
디 자 인 임정현 박기연
마 케 팅 노근수

출판등록 2006년 8월 1일(제2006-000159호)
주 소 서울시 마포구 와우산로30길 36 마음의숲빌딩(창전동 6-32, 3층)
전 화 (02) 322-3164~5 팩스 (02) 322-3166
이 메 일 maumsup@naver.com
인스타그램 @maumsup
용지 (주)타라유통 인쇄·제본 (주)에이치이피

ISBN 979-11-6285-093-0 (03810)

*값은 뒤표지에 있습니다.

슬슬 거닐다

글 박여진 | 사진 백홍기

마음의숲

저자의 말

생각하면 한번도 같은 길을 걸은 적이 없다. 같은 길이라도 그때마다 날이 달랐고, 바람이 달랐고, 우리가 달랐다. 걷다 보면 걸어온 길이 과거처럼 따라오고, 걸어야 할 길이 미래처럼 이어진다. 곁길과 에움길과 모퉁이와 도린곁이 씨실과 날실처럼 펼쳐져 있다. 우린 길을 잇는 직공처럼 걷는다. 자기들이 직공인지도 모르는 이 영문 모를 산책자들은 아무 말과 상념을 흘린다.

그 곁으로 바람이 분다. 더러는 저녁의 감촉과 빛의 뒤척임이 엉겨 붙는다. 시간이 흐른 뒤에 보면 말과 저녁과 바람과 빛이 아로새겨진 길의 담요가 만들어져 있다. 아무리 걸어도 나는 어떤 담요를 짜고 있는지 모른다. 아무리 애를 써도 담요의 색과 무늬에 관여하지 못한다. 그건 길이 하는 일이다. 산책자는 그저 걸을 뿐이다. 그 길들을 조각조각 걸으며 날들이 지나고, 계절이 지나고, 시절이 지난다. 가끔 지나온 시간이 아쉬워 기억을 더듬거리다 보면 그제야 담요가 만져진다. 길의 담요에서는 지구가 바스락거리는 소리가 난다. 바다에서 밀려온 먼 비린내가 난다.

오직 길을 걸은 후에야 만들어지는 이 담요들이 우리 삶 어딘가에 켜켜이 쌓여 있다. 모든 담요는 미완이다. 실이 엉킨 곳도 있고 색이 바랜 곳도 있다. 생경하리만치 황홀한 무늬가 반짝이기도 한다. 산책의 종착지인 집에서 담요들을 하나하나 어루만지다 보면 기어이 또 길을 나서게 된다. 길을 마친 후의 담요가 약속하는 아늑함 때문이다. 담요를 완성하리라는 직공의 사명보다는 담요의 결과 무늬를 만나려는 의지에 가깝다.

원고와 사진을 마무리하며 백과 나는 남쪽 지방의 담요를 꺼내 들었다. 붉고 부드러운 흙과 애달프게 반짝이는 바다가 있는 길을 덮었다. 그 담요 속에서 우린 또다시 길을 준비했다. 이번 계절에는 그곳을 걸을 생각이다.

가을,

박여진

차례

기억한다는 기적

안반데기

자주 기억을 뒤적인다. 여름날 뜨겁게 달궈진 미끄럼틀에 허벅지가 쓸려 이마를 찌푸리던 동생, 병뚜껑에 흙이며 나뭇잎을 담아 소꿉장난하던 친구들, 운동장에서 돌을 줍던 초등학생 백의 푹 팬 보조개, 폭우 속에서 처연하게 비를 맞던 어느 고찰의 석탑, 생의 비극과 희극을 나누며 살아온 친구들의 10대 시절…….

기억은 빛바랜 사진처럼 불분명한 윤곽을 한 채 더듬더듬 이어진다. 더러는 흐린 윤곽마저 닳고 찢어져 미완의 사진으로 남기도 한다. 사라진 기억의 테두리를 상상하곤 한다. 내 기억은 단절되었어도 삶은 이어졌다. 기억에서 누락되거나 흐려진 삶조차 단 1초도 사라지지 않고 꼬박꼬박 진행되어 지금의 나에게 도착했다. 아찔하고, 무섭고, 행복하고, 찬란하고, 슬프고, 환하고, 어둡던 그 모든 순간들은 내가 잠든 사이에도, 기억을 놓친 순간에도, 기적처럼 이어지고 또 이어져 오늘의 나에게 도달했다.

별을 본다는 건 기적이다. 헤아릴 수 없는 우주 어느 곳에서, 가늠할 수 없는 아득한 과거에 빛나던 별이 지금 내게 도착한 사건이다. 그 어마어마한 경로를 과학의 언어로 설명할 능력은 내게 없지만, 그 별이 우주 어딘가에 있었다는 사실을 증명하는 별빛이 명징한 증거로 반짝인다.

재수학원에 등록하고 와서 합격증이 아닌 수강표로 눈물을 닦으며 암담하게 올려다본 캄캄한 겨울 하늘에서도, 모닥불을 피우고 맥주를 마시며 바라보던 설악산 공룡능선 위에서도, 꿈처럼 아득하고 찬란했던 인도양 바다에서도 그 별들과 조우했다. 그중에는 내가 태어나기 전이나 공룡이 어슬렁거렸던 시절, 혹은 지구가 태동하기 전부터 아득한 우주와 시간을 달리고 달려 도착한 별도 있다.

십수 년 전, 강릉의 어느 식당에서 백과 나는 알퐁스 도데의 〈별〉이 고등학교 교과서에 있었는지 없었는지를 두고 입씨름을 하고 있었다. 나는 '스테파네트'나 '양치기의 별' 같은 언어를 기억하고 있다고 했고, 백은 전혀 배운 기억이 없다며 고개를 가로저었다. 밥을 다 먹고 계산을 하려는데 주인아주머니가 빙긋이 웃으며 말했다.

"여기서 별 보려면 안반덕 한번 가봐요."

안반데기가 지금처럼 별 관측 명소로 유명세를 타기 전이었다. 강릉과 식당과 알퐁스 도데를 통과해 어느 여름밤에 안반데기의 별은 그렇게 우리에게 도착했다.

우린 가로등도 없는 구불구불한 시골길을 지나 칠흑처럼 어두운 안반데기 배추밭에 이르렀다. 배추밭 꼭대기 정자에 앉아 별을 기다렸다. 하지만 구름이 잔뜩 끼어 별은 보이지 않았다. 조금 실망한 내가 그냥 가자며 재촉했지만 백은 기다려보자고 했다.

또다시 입씨름이 시작되었다. 차라리 얼른 내려가서 맥주나 마시며 휴가의 마지막 밤을 보내자는 나의 주장과, 여기서 별을 기다리자는 백의 고집이 캄캄하고 적막한 배추밭에 소란스럽게 뒤엉켰다. 여기에 휴가 마지막 날이 엉망이 될지 모른다는 조바심과 널브려놓고 온 텐트며 짐 걱정, 시시때때로 약 올리듯 달려드는 모기떼까지 어수선하게 가세했다.

그때, 서늘한 여름 바람이 불었다. 바람은 구름을 천천히 밀어냈다. 바람 뒤로 따라오는 구름은 없었다. 구름이

밀려난 자리에 별이 나타났다. 숨 막히게 청명하고 맑은 별이 하나둘 모습을 드러냈다. 실루엣으로만 보이던 배추밭 능선 너머의 별들은 드문드문하다가 어느 순간 기어이 내 눈에 도착해 와르르 쏟아졌다. 쏟아진 별들은 허공에 어른거렸다. 저 멀리 강릉 시내의 불빛이 반딧불처럼 빛났고, 마을의 민가에서 흘러나온 유순한 빛들이 허공에서 촘촘한 별들과 얽혔다.

우린 그곳에서 황홀한 빛의 입자들을 밤새도록 보았다. 차갑고 촘촘한 기적들과 끝도 없이 만났다. 그때 배추 둔덕 꼭대기에 앉아 우두커니 밤하늘을 바라보던 우리의 모습이 선명한 기억으로 남았다.

그 이후는 다시 흐릿하다. 몇 시에 내려왔는지, 짐은 잘 꾸렸는지, 무얼 먹었는지, 여름을 보낸 그해 가을과 겨울은 어땠는지……. 다만 나와 백은 기억의 영역에 서로 한 순간도 누락되지 않고 존재했고, 몇 번이나 더 안반데기를 찾아 별들을 만났다. 그때 우리가 만난 그 별빛은 아니지만, 새로 조우한 별빛은 기어이 아득한 우주를 통과해 내게로 왔고, 나는 기어이 존재해 별과 만났다.

지렁이의 보은

어흘리 소나무 숲

백은 숲을 사랑한다. 나도 그렇다.

백은 길을 사랑한다. 나도 그렇다.

백은 비와 바람과 구름과 눈을 사랑한다. 나도 그렇다.

백은 세상의 모든 생물을 사랑한다. 나는 편애한다.

백은 세상의 환형동물마저 사랑한다. 나는 그렇지 않다.

백은 세상의 모든 지렁이를 사랑한다. 세상 물정 모르는 지렁이가 더운 날 아스팔트 위에서 길을 잃고 헤매고 있으면 절대로 그냥 지나치는 법이 없다. 소중한 친구를 만난 듯 지렁이를 조심스레 들어서 습기 많은 풀숲에 놓아준다. 그때마다 갑작스러운 인간의 손길에 위협을 느낀 지렁이들이 미친 듯이 꿈틀대고 나는 더 미친 듯이 기함하며 저만치 떨어진다. 그때마다 백은 해맑게 깔깔댄다. 그러나 가끔 지렁이를 살려주지 않을 때도 있다.

"저 지렁이는 왜 안 구해줘?"

"지금 살려줘도 못 살아. 너무 늦었어. 그리고 개미들도 먹고 살아야지. 개미들은 저 지렁이로 오늘 바비큐 파티를 할 거야."

"아……."

아무튼, 백이 평생 살려준 지렁이가 수천 마리는 족히 넘는다. 언젠가 내가 얄팍한 인간의 셈법으로 계산해 이런 말을 한 적이 있다.

"살아난 지렁이들이 보은을 할 거야. 언젠가는 우리에게 근사한 포르쉐와 그 포르쉐를 주차할 마당 넓은 집으로 보은할지도 몰라."

"그러고 보니 지렁이의 보은을 받는 것 같아."

백이 진지하게 고개를 끄덕이며 말했다.

"뭔데? 뭔데?"

나는 흥분하며 물었다.

"취재 갈 때마다 늘 날씨 운이 좋았어. 어떤 악천후에서도 내가 카메라를 들면 거짓말처럼 날이 좋아지더라고."

포르쉐가 아니어서 김은 좀 빠졌지만, 여행을 좋아하는 우리에게 날씨 운이 따르는 것도 나쁘지 않은 듯했다.

"날이 흐리다던데 괜찮을까?"

대관령 어흘리 숲으로 산책을 가기 위해 짐을 꾸리며 날씨를 확인했다. 강릉 쪽에는 비 예보가 있었다.

"괜찮을 거야. 지렁이의 보은, 알잖아."
백이 자신만만하게 웃으며 대답했다.

이른 아침 도착한 강원도의 날씨는 백의 예언대로 좋았다. 구름은 많았지만 오히려 적당히 선선해서 걷기 좋은 날씨였다. 어흘리 주차장에 도착해 차를 세우고 지도를 펼쳤다. 여러 골짜기 물이 만나 어울린다고 해서 어흘리로 불리게 된 이 마을은 조용하고 아늑했다. 이곳에 깊고 아름다운 소나무 숲이 펼쳐져 있었다.

어흘리숲은 1922~1926년에 소나무 씨앗을 뿌려 조림한 숲이다. 축구장 571개에 달하는 면적의 이 거대한 숲은 사람의 발길을 차단하다가 2018년, 근 100년 만에 개방되었다. 귀하디 귀한 숲이었다.

가벼운 차림으로 길을 나섰다. 바닥에는 흰색 페인트로 소나무 숲 가는 방향이 표시되어 있었다. 캠핑장을 지나자마자 바로 숲으로 들어가는 길이 시작되었다.

"해마다 봄은 왜 이렇게 반가운 거지? 다른 계절들은 오면 오나 보다 하는데 봄은 참 반갑단 말이야."

길섶에 핀 진달래를 보며 백이 말했다.

"그러게. 나도 여름을 제일 좋아하긴 하지만 반갑기는 봄이 더 반가워."

이제 막 봄이 시작되는 숲길은 유독 설레었다.

이런저런 이야기를 하며 걸은 지 얼마 되지 않아 시원한 물소리가 들렸다. 선자령에서 내려온 물이 삼단에 걸쳐 떨어진다는 삼포암폭포였다. 길은 이 폭포에서 가마소, 다래

터, 노루목이를 거쳐 도둑재와 대통령 쉼터를 통과해 다시 주차장으로 내려오는 약 3시간 정도의 코스였다. 걷다 보니 솔숲교가 나왔다. 이 솔숲교부터 소나무 숲이 본격적으로 이어졌다.

산책이라고 하기엔 오르막이 꽤 있었고 등산이라고 하기엔 부드러웠지만 어느 쪽이든 상관없었다. 길은 황송할 정도로 아름다웠으니까. 숲 곳곳에 연한 봄기운이 퍼져 있었다. 부드럽게 풀어진 흙이, 분홍색 진달래가 봄을 알리고 있었다. 노란 안개처럼 꽃을 피운 생강나무 위로 견고한 소나무들이 짙게 우거져 있었다. 어느 곳에서나 짙은 숲 냄새가 났다. 서어나무와 느티나무, 졸참나무, 단풍나무, 물푸레나무 등 숲의 주인들이 풍기는 냄새였다.

100년 동안 사람의 발길이 닿지 않은 숲, 나무들과 동물들이 저희끼리 깊이 자란 숲이라 기척을 내기가 미안할 정도였다. 한참 걷다 보니 어느새 전망대였다. 그 옆으로 대통령 쉼터가 있었다. 고 노무현 전 대통령이 다녀간 곳이라고 되어 있었다. 우린 그곳에서 간식을 먹으며 잠시 쉬기로 했다.

"숲이라 그런가? 서늘하네."

"아무래도 비구름이 올라오는 것 같은데?"

백이 먼 하늘을 보며 말했다.

"정말? 우비 안 가지고 왔는데. 카메라 방수포도 없잖아."

"숲이라 괜찮을 거야."

나는 심란한 마음으로 삶은 달걀과 빵을 꺼냈다. 나무로 만든 높고 아름다운 전망대에서 내려다보니 정말 흰 비구름이 올라오고 있었고, 간식을 한 입 한 입 먹을 때마다 흰 습기는 점점 진해졌다. 초코바와 커피까지 다 먹고 나자 전망대마저 운무에 잠겼다. 숲은 온통 구름이었다. 백은 간식을 담았던 검은 비닐봉지로 카메라를 감싸 임시 방수포를 만들었다.

"이제 꼼짝없이 비 맞으며 내려가겠네. 지렁이 놈들, 봄바람이 났나? 우릴 잊은 건가?"

내가 투덜거리며 지렁이를 원망하자 백은 특유의 낙관적인 너스레를 떨었다.

"지렁이들이 일부러 이런 날씨를 준 거야."

"왜?"

"너, 소나무 숲하고 구름 속을 동시에 통과한 적 있어?"

"아니."

"이제 통과하게 될 거야. 지렁이들한테 고맙다고 인사나 해."

"참 나, 조삼모사 보은이야?"

난 투덜댔지만 묘하게 설득되는 중이었다. 솔직히 말하자면 어차피 비를 맞을 바에는 인정하는 편이 좋았다.

흙냄새와 소나무 향이 숲에 뿌옇게 퍼졌다. 형체 없이 흩어지던 습기가 슬슬 뭉치더니 이내 후드득 비로 떨어졌다. 습기와 비로 가득 찬 숲은 조금 전과 전혀 다른 모습으로 바뀌었다. 비가 숲에 서려 있던 모든 냄새를 다 끌어내서, 지천에 풀과 나무와 흙의 냄새로 가득했다. 부드럽게 흔들리던 관목들은 무거워진 몸으로 비를 빨아들이며 짙은 숨을 내뱉었다. 젖은 곤충들이 부지런히 거처를 옮겼고 나만큼이나 조급해진 새들이 요란하게 지저귀며 날았다.

백은 미련을 버리지 못하고 검은 봉지를 씌운 카메라를

꺼내 이리저리 찍다가 이내 단념하고 가방에 넣었다.

"이제 좀 뛸까?"

우린 뛰기 시작했다. 갑작스런 인간의 호의에 화들짝 놀란 지렁이처럼 펄쩍펄쩍 뛰며 숲을 내려왔다. 구름인지 비인지 구분되지 않는 물기가 우리를 에워쌌다. 숲의 호위인지 지렁이의 호위인지 모를 것이 내내 따라왔다.

날것의 낭만

거진항

길은 동화처럼 펼쳐지지 않는다. 허름한 모텔 건물이나 요란한 식당 뒤에도, 평범하고 지루한 아스팔트 너머에도, 쇠락한 간판과 황폐한 마을 옆에도 길은 있다. 길은 누추한 풍경을 오려내지 않는다.

몇 년 전, 화진포에서 걷기 시작해 거진항에 도착한 우리는 낯설고 거친 풍광을 어색하게 두리번거렸다. 곳곳에 널브러진 스티로폼 부표와 얽히고설킨 그물, 정체 모를 파란색 플라스틱 통과 조선소 밖에 방치된 녹슨 쇳조각들, 어시장 바닥에 쌓인 생선 내장, 너덜거리고 찢어진 달력, 중국집 전화번호가 스프레이 페인트로 찍힌 방파제…….

물론, 내가 늘 머릿속으로 그리던 항구 마을 풍경이긴 했다. 다만 이미지를 관람하고 소비하는 데 익숙했던 내게 실제의 풍경은 너무 구체적이었고, 그 적나라한 현실이 오히려 비현실적으로 느껴졌다. 취재나 사진 작업으로 온갖 지역을 다니는 백은 아무렇지도 않게 성큼성큼 걸었다. 나도 그런 척했지만 조금은 눈살을 찌푸렸고 조금은 코를 막았다. 어쩌면 우습게도 낭만 비슷한 것을 기대했는지도 모른다.

우린 바다 뒤 언덕 위에 있는 흰 등대로 올라가 항구를 한번 둘러보고는 조금 떨어진 곳에 보이는 붉은 등대까지만 걷기로 했다. 방파제 길에 있는 붉은 등대를 후다닥 찍은 뒤 어시장으로 향했다. 시장 한편, 빛바랜 초록색 플라스틱 바구니에 이름 모를 생선들이 널려 있었다.

"싸게 드릴 테니 다 가져가요."

생선들을 물끄러미 바라보던 내게 상인이 쾌활하게 말을 걸었다.

"임연수인데, 우리 아저씨가 잡아 온 거야. 노릇하게 구워 먹으면 아주 맛있어요. 한 바구니 다 해서 만 원에 드릴 테니 가져가 먹어봐요."

거절하기엔 상인의 목소리가 너무 쾌활했고, 나는 좀 경직되어 있던 상태라 얼떨결에 만 원을 내고 생선을 받아들었다. 집으로 돌아와 그 생선을 봉지째 냉동실에 넣어두고

곤드레
만드레
모듬회

는 한동안 잊고 있었다.

몇 달 뒤, 냉장고 청소를 하던 중 냉동실 서랍 한구석에 있는 생선들을 발견했다.

"이거 먹어도 되나?"

"냉동실에 있던 거니 당연히 괜찮지!"

백은 행여나 내가 버릴세라 후다닥 생선 봉지를 낚아채더니 서너 마리를 꺼내 씻었다.

"오오!"

"맛있다!"

상인의 말대로 노릇하게 구운 임연수는 정말 맛있었고 며칠 만에 동이 났다. 우린 임연수를 산다는 구실로 또다시 거진항 여행 계획을 세웠다. 여행 통장에 돈도 얼마 남지 않았고 번역 마감도 빠듯했던 터라, 날짜만 꼽다가 마감을 마치고 번역료를 받자마자 다시 거진항을 찾았다.

다시 찾은 항구 마을은 여전히 염분기에 바래어 낡고 비릿했지만 처음 왔을 때 느꼈던 지독한 현실감이 어쩐지 친숙하게 와닿았다. 지난번과 마찬가지로 흰 등대가 있는 언덕을 산책하고 붉은 등대가 있는 방파제를 걸었다. 그리고 어시장에서 임연수나 볼락 같은 생선을 사서 집으로 왔다.

그 이후로도 자꾸 거진항을 찾았다. 속초나 고성 여행 계획이 있을 때면 아예 거진항을 필수 코스로 넣었다. 거진항 이곳저곳을 기웃거리고, 두 등대 사이를 산책하고, 어시장에 들러 생선을 사서 올라오는 여정이 반복되었다. 반복되어도 전혀 지루하지 않았다.

내가 끼고 있던 '낭만'이라는 필터는 겹겹의 구체적인 현실을 보기에 터무니없고 이기적이었다. 그 거추장스러운 필터를 걷어내니 오롯이 그곳이 보였다. 엉킨 그물을 다듬는 어부, 부서진 배를 수리하느라 깡, 깡 소리를 내는 조선소, 펄떡이는 생선과 그 생선을 다듬는 상인들, 생선 주위를 어슬렁거리는 고양이들, 방파제에 앉아 중국집 자장면을 배달시키는 낚시꾼들…….

알지 못했던 물건들의 쓸모를 알아가는 재미도 쏠쏠했다. 여기저기 널려 있던 달력에는 물때가 표시되어 있었고 도통 용도를 알 수 없었던 커다란 옷핀 모양의 핀은 통발

을 고정하는 고리였다. 샤클이나 개매기 같은 낯선 언어들을 하나씩 알아갈 때마다 그만큼 항구가 보였다.

백은 조선소를 좋아했다. 그곳에서 커다란 배가 들어 올려져 밑바닥을 드러내고 있을 때면 문밖에 쭈그리고 앉아 한참을 구경했고 깡, 깡 쇠 두드리는 소리가 울릴 때마다 사랑 고백이라도 들은 사람처럼 눈을 반짝였다.

얼마 전, 책을 준비하며 사진을 찍기 위해 거진항을 다시 찾았다. 거진항은 찾을 때마다 말쑥해져 있었다. 흰 등대로 올라가는 아늑한 산책로에는 돌길이 깔려 더 반듯해졌고, 벽에는 벽화가 그려졌다. 어시장은 건물을 새로 지어 훨씬 깨끗해졌고 상인들은 카드도 받았다. 어쩐지 조금 아쉬웠지만 그 아쉬움 역시 어쭙잖은 내 필터였다. 우린 흰 등대로 올라가는 산책로 벤치에 누워 반짝이는 항구를 내려다보았다. 그리고는 붉은 등대로 이어지는 방파제 길을 걷고, 마을을 구석구석 기웃거리다가 어시장에 들러 말린 생선을 한 봉지 사서 돌아왔다.

비사벌의 소녀

교동 고분군

세상에는 사라지는 것들이 있다. 당신의 눈꺼풀 위로 부서지던 오후 5시 40분의 햇살, 빈난한 이의 가슴을 기웃거리던 희망, 푸르고 고달팠던 젊은 시절, 걸음과 걸음 사이 공백에서 삼켜버린 말들. 비화가야, 비사벌, 열여섯의 송현이.

나는 '비화가야'를 몰랐다. 비화가야가 존재했다는 사실을, 1,500년이 지나도록 열일곱 살이 되지 못한 열여섯 살 소녀가 있었다는 사실을 알지 못했다. 그 거대한 무덤 터를 보기 전까지.

창녕에 온 이유는 그곳에 백과 내가 사랑하는 거대한 습지, 우포늪이 있었기 때문이다. 그날은 늪 중에서도 쪽지벌과 산밖벌을 오래도록 걸을 예정이었다. 맑고 투명한 겨울 오후였다. 차창 밖으로 밥그릇을 엎어놓은 듯한 언덕들이 보였다.

"저건 뭐지?"

"왕릉인가? 규모가 꽤 큰 것 같아."

백이 둔덕을 가까이 보기 위해 조수석 창문을 열었다. 차갑고 맑은 겨울바람이 훅 밀려들었다. 따뜻했던 차 안으로 들어온 찬바람은 목적지인 우포늪을 향해 얌전히 가던 우리의 계획을 흔들었다. 어차피 반드시 완수해야만 하는 계획은 아니었기에 더 쉽게 흔들렸다.

교동 고분군 주차장에 차를 세우고 올라서 보니 도로에서 보던 것보다 훨씬 거대했다. 수십 기의 무덤이 눈앞에도, 길 건너편에도, 저 멀리 산 중턱에도 흩어져 있었다. 언뜻 봐서는 그 수가 가늠되지 않았다. 길가에 있던 박물관 문은 닫혀 있었다. 안내판에는 이곳이 교동과 송현동 고분군이라 되어 있었고, 간략한 설명이 있었지만 거대한 무덤들을 이해하기엔 턱없이 부족했다. 인터넷 검색을 해 본 뒤에야 약간의 정보를 더 알게 되었다.

안타깝게도 고분들은 대부분 도굴당했고 최초 발굴과 조사도 일제강점기에 이루어지는 바람에 보고서도 제대로 간행되지 않았다. 또 고분의 번호조차 조사자에 따라 다르

게 부여되어 있었다.

우리나라에서 본격적인 발굴 작업 및 연구가 이루어진 것은 1990년대부터였다. 그나마 불행 중 다행으로 도굴당하지 않은 일부 고분을 통해 이 고분이 가야 시대의 것임을, 터는 비화가야의 땅이었음을 확인하게 되었다.

발굴 과정에서 어린 소녀의 뼈도 발굴했는데, 발굴지인 송현동의 이름을 따 송현이라는 이름을 붙여주었다. 1,500년 전 비사벌로 불렸던 이곳에 살던 송현이는 열여섯 정도의 나이에 왕 혹은 높은 계급의 몸종이었을 것으로 추정되었다. 닳고 낡은 무릎뼈와 정강이뼈의 상태가, 산 채로 순장당한 무참함이 어린 소녀의 신분과 삶을 말해주고 있었다.

우린 교동 고분군 사이로 난 황토색의 단정한 산책로를 걷기 시작했다. 겨울 오후의 고분군은 쓸쓸하고 조용했다. 빈 나무들 사이로 황금색 무덤과 회색 하늘이 길게 펼쳐졌다. 무덤도 하늘도 산 자들이 도달하지 못하는 죽은 자들의 은신처였다. 선명하게 보이는데 도달할 수 없는 상념의 영역이었다.

공원과 산책로 조성이 아직 끝나지 않은 탓에, 무덤 앞에는 번호만 간간히 표시되어 있을 뿐 이정표나 안내판은 거의 없었다. 정체 모를 작은 나무 집도 초록색의 문을 열어보고서야 사당임을 알았다. 고분군의 축조 시기도, 무덤의 주인도 알 수 없었다. 오래전 사라진 나라, 오래전 삶을 마친 이들이 지구의 어느 지점에 멈춰 있었다. 거대한 무덤으로, 무명의 번호로, 쓸쓸한 영토로.

"이상하게 평온하네. 무덤이 원래 이런 느낌이었나? 아니면 여기 터가 그런 느낌을 주나?"

하늘과 무덤이 맞닿은 지점을 한참 바라보던 백이 말했다.

"그렇네. 오래된 죽음이라 기억하는 사람이 없어서 그런가? 애달플 일도, 고통스러울 일도 없으니 그냥 평온한 건가?"

"한때는 자식이나 가족을 산 채로 묻어야 했던 통곡의 무덤이었을 텐데."

무덤의 주인들도, 타인의 무덤에 묻혀야 했던 누군가의 생도 사라진 고분 터에는 어느덧 해가 저물고 있었다.

“이 사람들은 상상도 못했겠지. 1,500년 후 어느 번역가와 사진가가 자신들 이야기를 하며 무덤가를 산책할 줄은.”

“우리도 불과 몇십 분 전까지만 하더라도 몰랐지. 비사벌을 걷게 될 줄은.”

우리는 잔인했던 샤머니즘과 한 소녀와 비사벌을 오래도록 이야기하며 긴 산책을 했다. 창녕 여행을 마치고 돌아와 몇 달이 지나도록 그날의 차갑고 평온했던 감촉이 오래도록 남았다. 비사벌도, 오후 5시 40분의 겨울 햇살도, 거대한 무덤 사이를 걸으며 사라진 나라와 소녀를 이야기하던 시간도 모두 사라졌지만 그 감촉만은 선명한 기억으로 환원되어 가슴속 어딘가를 끝도 없이 걷고 있었다.

늪지대를 날아서

우
포
늪

새는 국적이 없다. 한 지역에 터를 잡고 살기도 하고 온 지구를 떠돌며 생존에 유리한 땅을 찾아다니기도 한다. 물새는 습한 땅을 서식지로 삼는다. 젖은 영토를 찾아 수백, 수천 킬로미터씩 이동한다. 그렇게 기어이 날아서 생존하고 번식할 땅을 찾는다.

국경을 넘나드는 물새는 지구 전체가 삶의 터전이다. 국제 사회도 그렇게 합의했다. 습지에 사는 물새를 국제 자원으로 규정해 물새가 사는 터전을 지키고 보호하기로 합의한 것이 '람사르협약'이다. 우리나라도 1997년에 이 협약에 가입해 늪과 못과 소택지와 갯벌을 보존하기로 했다.

2021년 현재 람사르협회에 등록된 국내 습지는 대암산 용늪, 창녕 우포늪, 신안 장도 산지습지, 순천만·보성갯벌, 제주 물영아리오름습지, 울주 무제치늪, 태안 두웅습지, 무안갯벌, 제주 물장오리오름습지, 오대산국립공원습지, 강화 매화마름군락지, 제주 한라산1100고지습지, 서천

갯벌, 고창·부안갯벌, 제주 동백동산습지, 고창 운곡습지, 신안 종도갯벌, 서울 한강밤섬, 인천 송도갯벌, 제주 숨은물뱅듸, 영월 한반도습지, 순천 동천하구, 안산 대부도갯벌, 고양 장항습지 총 24곳이다. 이 습지들의 이름을 하나하나 언급하는 것은 내가 사는 곳에 있는 그 젖은 땅들을 기억하고 싶어서다.

우포늪은 열왕산에서 시작한 토평천이 흘러들어 다시 낙동강으로 빠져나가는 지대에 있다. 흘러든 토평천과 홍수로 역류한 낙동강 물이 이곳에서 어우러진다. 백과 나는 우포늪을 여러 번 찾았으나 올 때마다 다른 늪에 도착한 듯 생경하고 낯설다.

이곳에서의 시간은 늪처럼 깊고 더뎌서 한 번에 다 둘러보기는 어렵다. 창녕군 유어면, 이방면, 대합면 등 세 개의 마을에 걸친 우포늪은 크게 우포(소벌), 목포(나무벌), 사지포(모래벌), 쪽지벌, 산밖벌로 나뉜다. 30분 정도의 짧은 산책 코스부터 3~4시간이 소요되는 긴 산책 코스까지 선택할 수 있다. 하지만 여러 마을에 걸쳐 거대하게 펼쳐진 이 늪을 몇 시간 만에 다 본다고 말할 수는 없다. 각각의

늪은 시간과 계절에 따라 다른 모습을 보여주고, 어느 한 곳에 털썩 앉아 한 지점을 몇 시간씩 보아도 그곳에서 생장하고 소멸하는 생명의 밀도는 조밀하고 아득하다.

몇 년 전, 누군가 내게 우포늪에서 어떤 코스를 걷는 게 좋냐고 물은 적이 있다. 나는 그에게 생태관에서 출발해 대대제방과 사지포제방, 소목마을, 목포제방, 산밖벌을 지나 다시 생태관으로 회귀하는 9.7킬로미터가량의 코스를 추천했었다. 하지만 지금 누가 내게 다시 묻는다면, 천천히 걷다가 마음을 사로잡는 늪 앞에서 지도를 펼쳐 그 늪의 둘레를 오래도록 구석구석 돌아보라고 말하고 싶다.

우포의 새벽을 좋아하는 사람도 있고, 가을 물안개를 편애하는 사람도 있고, 청명한 날의 싱그러운 습지를 사랑하는 사람도 있다. 백과 나는 우포에 갈 때마다 좋아하는 시간과 장소가 변덕스럽게 바뀐다. 처음 우포늪에 와서 탐방 코스를 따라 걷다가 대대제방에서 노을을 볼 때는 우포(소벌)와 덜컥 사랑에 빠졌다.

특히 관찰용 망원경의 동그란 테두리 안에 들어온 흰 새에게서 눈을 뗄 수가 없었다. S자로 구부러진 우아한 목과

핀셋처럼 길고 섬세한 부리, 우아한 다리로 늪을 두리번거리는 새의 이름은 중대백로였다. 백로 옆으로 왜가리와 흰빰검둥오리와 이름 모를 새들 수백 마리가 노을에 붉어진 늪에서 느긋하게 움직이고 있었다. 그 새들을 '이름 모를 새'라고 뭉뚱그리기가 부끄럽지만 나는 그 새들의 이름을 낱낱이 알지 못한다. 물론 새들은 내 부끄러움과는 상관없이 생존한다. 새들은 제각각 늪에서 먹이를 찾아 제 몸을 건사하느라 바쁘다. 그래야 먼 길을 다시 비행해 또다시 머물 땅을 찾아갈 수 있을 테니까.

늪이 짙은 여름으로 익어가던 어느 날에는 쪽지벌을 가장 좋아하게 되었다고 선언했다. 변덕스럽고 의미 없는 선언이었지만 그런 고백들이 난무하는 우포에서의 시간들이 좋았다. 대수롭지 않다는 듯 백이 그러라고 대꾸했다.

습지 가득 가시연잎이 펼쳐져 있었고 수초들이 바람길을 따라 누워 있었다. 물렁하고 진 땅에 뿌리를 내린 나무들 너머로 흰 구름이 늪처럼 짙게 펼쳐졌다. 새벽의 목포늪은 조금 붐비고 어수선하다. 이른 새벽에 늪에서 고기를 잡는 우포 주민이 작은 배를 밀며 지나가는데, 그 풍광이 아름다워 사진을 찍으러 오는 사람들이 많기 때문이다.

어느 계절, 어느 날씨에 와도 우포는 우포다. 비가 오면 싱그럽게 살아 있는 수생식물들의 윤기와 숨 냄새가 진동하고, 날이 맑으면 맑은 날에만 건널 수 있는 징검다리를 건너 사초군락지까지 갈 수 있다. 겨울에는 겨울의 주인들이, 여름에는 여름의 주인들이 날아와 이 풍요로운 영토를 누리다 간다.

우포늪에 올 때마다 늘 약속을 떠올린다. 세상의 어떤 곳은 이렇게 젖은 영토로 남아야 한다는 약속을. 이곳은 그 안에 기거하는 무수한 생명들과 온 지구를 떠도는 새들의 영토라는 약속을.

번역가의 산책

출판단지

북카페 눈
돌베개 BOOKSPACE '행간과 여백' 70m
Dolbegae BOOKSPACE
민음사·까멜레옹 120m
Culture & Information Center
그림동화
Picture Books
북카페 밀크북
북카페 아름다운사람들 175m
Bookcafe Beautiful Peoples
북카페

파주의 출판단지에서 동료 번역가, 디자이너와 작업실을 함께 쓰고 있다. 우리가 '번역인'이라는 이름으로 작업실을 운영한 지도 10년이 넘는다. 평범하고 아담한 사무실 공간에 나름 안마 의자와 파라핀 손 마사지기, 공기청정기와 질 좋은 커피머신을 두고 있다.

일주일에 한 번씩 작업실을 마법처럼 깨끗하게 정돈해 주시는 여사님도 오신다. 나는 개인적으로 이 여사님을 무척 좋아해서 출근하시자마자 쪼르르 달려가 커피를 내려 드리고 이런저런 잡담을 나눈다. 여사님이 주시는 생활 정보는 굉장히 재미있다. 가령 '연천의 오이 맛이 진하다' '금촌의 모 의사 선생님이 용하다' 같은 정보인데 듣는 것만으로도 솔깃하고 유용하다.

무엇보다도 작업실에는 따뜻하고 든든한 동료애가 있다. 오랜 세월 함께 밥과 술과 생일 케이크를 먹으며 책, 음악, 번역, 정치, 사회 이슈, 쇼핑, 야구, 웹툰, 오디오, 영화 등 온갖 분야의 대화를 나누고 산 식구 같은 동료들이다. 나이도 종교도 인생관도 모두 다르지만, 우리의 동료애는 대체로 대등하고 쾌적한 거리를 유지하되 온기를 잃지 않는다.

책상은 저마다의 세계다. 고급 헤드폰과 음향 장비가 있는 Y의 책상과 인문학 책과 간식이 가득한 W의 책상, 재즈 잡지와 목 베개가 있는 H의 책상과 아이맥, 맥북, 와콤 태블릿 등 IT 제품으로 무장한 디자이너 S의 책상. 그리고 소설책과 지도, 사소한 충동과 욕망의 흔적이 자잘한 나의 책상. 출근해서 커피를 내린 뒤 책상에 앉으면 각자의 세계가 열린다. 저마다 머릿속에서 치열하면서 지루하고, 동시에 재미있는 언어 전쟁을 벌이는 중이다. 그러나 겉으로 보기에 우리의 일상은 키보드 두드리는 소리와 마우스 딸깍거리는 소리로만 이루어진 건조한 시간처럼 보인다.

나는 이 작업실에서 번역과 글쓰기를 한다. 번역은 나의 직업이고 생계이며, 하루 중 가장 오랜 시간을 차지한다. 먼 곳에서 시작된 어느 저자의 언어를 내 모국어로 데려오는 과정은 지루하고 고될 때도 있고 재미있을 때도 있다. 하지만 지겨움이나 재미가 일을 할지 말지 결정하는 요인

은 되지 못한다.

글쓰기도 내 직업이다. 매월 〈샘터〉의 여행 에세이 코너를 맡아 원고를 쓰고 있고, 내 책을 작업하기도 한다. 아주 가끔 다른 매체에 기고를 하기도 한다. 번역에 비하면 턱없이 부족한 경력이다. 뭔가를 완성해서 내놓은 일이라기보다는 아직 채워지지 않은 열망에 가깝긴 하지만 그래도 나는 이 일을 무척 좋아한다. 번역이 먼 곳의 저자를 모국어로 데려오는 일이라면, 글쓰기는 내 안에 떠도는 상념을 채집해 정확한 언어의 옷을 입혀주는 일에 가깝다. 이 일은 번역과는 다른 결로 고되고 재미있다.

나는 거의 매일 산책한다. 최소한 하루에 한 번, 많을 때는 하루에 서너 번씩 산책을 나선다. 코스는 매번 달라지는데 대체로 광인사길과 회동길을 돌곤 한다. 이 길은 책울림길 코스와도 많이 겹친다.

출판단지는 대체로 조용한 편이다. 꽤 큰 습지인 갈대샛강이 있는데, 이 갈대샛강을 중심으로 광인사길과 회동길이 나뉘고 책울림길이 조성되어 있다. 대체로 책울림길을 많이 걷는 편이고, 지루한 날은 가까운 심학산 둘레길을 걷거나 아울렛을 어슬렁거리기도 한다. 생각할 게 많은 날이면 커다란 나무 그늘에 앉아 오래도록 생각을 정리하기도 한다. 날벌레가 많은 여름에는 지혜의숲 도서관에 들어가 푹신하고 좋은 의자에 앉아 쉬었다가 걷기도 하고, 헌책방이나 단골 카페에 들러 시원한 음료를 마셨다가 다시 걷기도 한다.

출판단지를 걷다 보면 여러 출판사를 지나치는데, 글 인연을 맺은 출판사를 보며 이런저런 생각을 한다. 주로 내가 넘긴 원고에 대한 걱정이나 독자들의 반응에 대한 걱정이 대부분이다. 출판단지 식당에서 은밀히 들은 어떤 소문의 근거지를 지나칠 때면 소설 속 현장을 걷는 것처럼 짜릿해진다.

지혜의숲에서 갈대샛강 쪽으로 나무 덱이 조성되어 있는데 이는 광인사길까지 이어진다. 내가 가장 좋아하는 길이다. 봄에는 커다란 벚나무에서 벚꽃 잎이 흩날리고, 여름에는 버드나무가 부드러운 가지를 한껏 늘어뜨린다. 가을엔 습지가 황금빛으로 물들고 겨울엔 차갑고 건조한 공기와 모두 다른 모양을 한 건축물들이 어우러진다.

모든 산책로가 그렇지만 이곳 역시 걷는 속도나 생각의 농도에 따라 다른 겹의 길이 펼쳐진다. 섬세한 세밀화 같은 풍경이 보이는 날도 있고, 담백한 윤곽이 담담히 펼쳐지는 날도 있다. 갑자기 퇴근 충동을 일으키는 바람이 불기도 하고, 두터운 회색 하늘이 웅장하게 펼쳐지는 날도 있다.

가끔 한 그루의 나무에 매료되기도 한다. 아무 일 없다는 듯 담담히 서 있지만 어둡고 조밀한 흙에서 뿌리를 뻗고 하늘을 향해 몸통을 키우고 허공에 가지를 뻗는 과정을, 보이지 않는 무수한 세포들이 끊임없이 분열하고 발달하고 조직을 만들고 생존하는 것을 생각하면 진한 동질감을 느끼기도 한다. 다른 종에게 느끼는 동질감은 인간에게 느끼는 동질감보다 무겁다.

나무를 가만히 보다 보면 그 안에 기거하는 또 다른 생명들도 보인다. 한 그루의 나무를 볼 때면 하나의 거대한 세상을 보는 기분이다. 가끔 이 나무들을 일제히 가지치기할 때가 있는데, 그때마다 뜨거운 풀 비린내가 진동하고 나무들은 앙상하고 못생겨진다. 잘린 나뭇가지들 사이로 지나갈 때면 잔혹한 폭력의 현장을 목도한 듯 괴로워진다.

그때마다 혼잣말로 잘려나간 나무와 풀을 응원한다. 내 응원 때문은 아니겠지만 나무들은 이듬해 아무 일 없다는 듯 다시 무럭무럭 자란다.

한참을 걷고 돌아와 작업실 내 책상 앞에 안착하면 그곳에서 또다시 길이 펼쳐진다. 언어들로 이루어진 길고 지루하고 고독한 길이.

골목길의 봄

길상사와 심우장 가는 길

길상사 가는 길

좁은 골목길을 달렸다. 초록색, 파란색, 주황색 대문들을 휙휙 지나쳤다. 주머니에서 투명한 유리구슬이 와르르 쏟아졌다. 구슬이 흩어진 자리에 아이들이 일어났다. 아이들은 길바닥에 낙서를 하고 구슬을 굴리며 재잘거렸다. 길과 담벼락 사이 좁은 틈을 비집고 봉선화며 백일홍이 환하게 피어 있었다. 봉선화를 물끄러미 바라보는데 길과 담벼락 사이가 점점 벌어지더니 낭떠러지가 되었다. 추락하지 않으려 안간힘을 쓰다가 누군가 내 등을 툭 치는 바람에 움찔했다.

"많이 기다렸지? 가자."

백이었다. 골목길이 몽롱하게 사라지면서 그 자리에 따

10-2
소화기

길상사

뜻한 노란색 조명이 흘러들었다. 앞에는 낭떠러지 대신 아직 식지 않은 커피와 나무 탁자가 놓여 있었다. 골목길을 지나 길상사를 둘러본 뒤, 몸을 녹일 겸 사찰 안에 있는 카페에 들어왔다가 깜박 졸았던 것이다. 내가 찻집에서 조는 동안 밖에서 사진을 찍던 백이 나를 깨웠다. 나는 다이어리를 펼쳐 방금 전 꾸었던 꿈의 이미지들을 기록했다. 잊고 싶지 않은 꿈이었다. 특히 아늑한 골목길과 유리구슬처럼 환하던 아이들의 웃음은 오래도록 단단한 이미지로 간직하고 싶었다.

몇 년 전 인기를 끌었던 드라마 〈응답하라 1988〉에도 그런 골목길이 나왔다. 대문만 열면 불쑥 나오는 골목. 여러 사람의 삶이 머물고 지나가는 공간. 펄럭이는 빨래와 찌개가 끓는 냄새 그리고 담장 너머로 흘러나오던 친구와 이웃의 목소리로 서로의 생활이 조금씩 엿보여 푸근했던 길. 시원찮은 가로등이 노란 불빛으로 덮어주던 길…….

요즘은 골목이 거의 없다. 지붕과 마당이 있던 집들과 그 사이를 누비던 골목의 자리에 수십 층짜리 아파트가 들어섰고 길은 넓어졌다. 넓어진 길로는 주로 자동차가 다닌다. 사람이 다니는 길은 그 옆에 조금 위태로운 모습으로

나 있다. 반듯하고 매끄러운 길이지만 유리구슬을 와르르 쏟을 만큼 아늑한 길은 아니다.

길상사 가는 길은 가톨릭 건물에서 시작했다. 두 개의 다른 종교 건물이 좁고 아늑한 골목길로 이어져 있었다. 우린 붉은 벽돌로 된 가톨릭 건물에서 길상사 쪽으로 걸었다. 골목길 어귀마다 길상사를 가리키는 갈색의 작은 이정표가 이어져 있었다. 자동차는 다닐 수 없는, 오직 사람만 다니는 옛날 골목이었다. 골목길에서는 모퉁이만 돌면 새로운 담벼락과 풍경이 펼쳐졌다. 걷는 내내 새로운 추억들이 소환되었다. 백과 나는 오랫동안 잊고 지냈던 단어들을 꺼냈다. 오징어, 다방구, 땅따먹기 같은 놀이 이름에서부터 구슬, 딱지, 석필 같은 물건의 이름까지.

"그때 그거 있었잖아. 바닥에 직사각형 그리고 가운데 X자 그려서 번호 순서대로 뛰는 거."

"난 숨바꼭질 하다가 옆 동네까지 가는 바람에 길을 잃어버린 적도 있었어."

초등학생 시절부터 친구였던 백과 나는 골목을 공유하며 자랐고 비슷한 공간에서 웃음과 울음을 흘리며 놀았다. 그때 우리가 뛰어놀던 골목길에도 그 시절 특유의 위태로움과 불안과 허름함과 고단함이 모퉁이마다 얼룩으로, 그림자로 있었을 것이다. 지금 그 골목이 환하게 느껴지는 건 우리의 불완전한 기억이 유리구슬처럼 빛나던 순간만을 추려두었기 때문일 것이다.

길상사 가는 골목길 역시 아늑하고 따스했으나 군데군데 현실의 삶이 얼룩으로, 경고문으로, 모질이 거칠어진 고양이의 눈빛으로 묻어 있었다. 골목의 얼룩이나 그림자는 생의 컴컴한 이면이 아니라 삶이 남기는 지극히 평범한 흔적이다. 본래 삶은 그렇게 얼룩덜룩하고 구불구불한 것이니까.

다채로운 담장들 너머로 성북동 사람들이 살고 있었고 이따금 언덕길에서 서울의 풍경도 내다보였다. 다만 그 담장 너머의 집들은 나와 추억을 공유하지 않은 이들의 공간이었으므로 되도록 조용하고 무심하게 지나쳐 걸어야 했다. 대신 언덕길에서 내려다보이는 서울의 풍경을 마음껏 감상하며 30~40분 남짓 걸으니 환한 절이 나왔다. 길상사였다.

길상사는 기생이었던 김영한이 요정으로 사용하던 대원각을 법정 스님에게 시주해서 생긴 절이다. 7천 평이 넘는 터와 40여 동으로 이루어진 이 거대한 터의 당시 시가는 지금으로 따지면 천억 원이 넘었다고 한다. 법정 스님은 이 어마어마한 시주를 완곡히 사양했으나 김영한의 오랜 청과 종교계의 승인 과정을 거친 끝에 1997년, 길상사로 태어났다.

김영한은 시인 백석과 연인이었다고도 알려져 있다. 물론 두 사람의 사랑을 부인하는 의견도 있다. 사랑은 부동산처럼 보이는 것이 아니어서 확인할 수는 없지만, 사랑하지 않았다 한들 나의 인정과 확인이 중요하지는 않아 보였다. 어쨌든 이곳에는 일반인의 스케일을 훌쩍 뛰어넘는 사연과 인연이 묻어 있었다.

“만약 나에게 천억 원이 있는데, 어떤 책을 읽고 감동받았다고 해서 그걸 기부할 수 있을까? 아마 못할 거야. 그걸 모으기까지 아등바등 쌓은 집착이 천억을 훨씬 넘을 테니.”

내 말을 듣던 백이 측은하다는 듯 말했다.

“천억은 됐고, 만 원짜리 비싼 칼국수라도 먹자. 배고

프다."

"에잇, 그래. 까짓것 우리 만두도 추가해서 먹을까?"

"그래, 그래."

우린 길상사에서 나와 칼국숫집으로 향했다. 엄청난 사연과 돈의 단위에 공연히 호기가 생긴 우리는 칼국수와 만두를 푸짐하게 먹고 북정마을로 향했다. 우리가 좋아하는 노천카페가 있는 곳으로.

북정마을과 심우장

성북동 건너편은 북정마을이다. 북정마을에는 오래된 집들과 작은 골목, 시 〈성북동 비둘기〉와 만해 한용운의 유택 '심우장'이 있다. 그리고 그 너머에 백과 내가 오랜 세월 애용하는 노천카페가 있다. 그 카페에 가려면 북정마을 골목길을 지나 심우장을 지나 시가 있는 작은 굴다리를 건너 한양도성길로 가야 한다. 늙은 골목길 담벼락에는 심우장과 마을을 소개하는 소박한 안내문이 적혀 있었다.

심우장은 만해 선생이 기거하던 집이다. 남향으로 지으면 조선총독부와 마주 보게 된다는 이유로 북향으로 지은 이 집에서 그는 어둡고 추운 겨울과 습하고 더운 여름을 보냈다. 집의 이름인 심우장도 만해 선생이 지었다. 한자 그대로 보면 '소를 찾는 집'이라는 뜻인데 불교에서 소를 찾는 과정은 자신의 본성을 찾는 과정이라고 한다. 수많은 이들이 자신의 마음을 찾기 위해 이 산 중턱 집에 찾아와 만해 선생과 이야기를 나누었다고 한다. 백과 나도 한참 서성였으나 찾아야 할 마음이 무엇인지조차 가늠하지 못한 채 그곳을 나섰다.

심우장이 있는 골목길은 좁고 굴곡져 있었다. 조국의 독립을 염원하던 독립투사도, 민주화를 갈망하던 시민들도, 숨바꼭질하던 천진한 아이들도 누볐을 골목길 담벼락이 오래된 책처럼 펼쳐져 있었다. 우린 비밀 이야기책을 읽는 사람들처럼 천천히 골목길을 걸었다. 드문드문 천진한 벽화들이 환하게 펼쳐졌고 굴다리 어귀에는 김광섭 시인의 〈성북동 비둘기〉도 적혀 있었다. 오랜 이야기 같은 골목길을 다 통과하고 나서야 성곽이 보였다. 한양도성이었다. 저곳에 우리가 좋아하는 카페가 있었다.

"아메리카노로 주세요."

"저는 믹스로 마실게요. 둘 다 마시고 갑니다."

"천오백 원입니다. 아무 데나 앉아 계세요. 가져다드릴게요."

명당에는 이미 단골 어르신들이 계셨다. 우리도 나름 전망 좋은 성곽에 자리를 잡았다. 잠시 뒤 작은 스테인리스 쟁반에 올려둔 종이컵에 담긴 커피가 도착했다. 그곳은 북정마을에서 이어지는 한양도성 성곽길에 있는 작은 트럭 카페였다. 트럭 카페 아래로는 한양도성길이 구불구불 이어지고 성곽 너머로 서울의 풍광이 내려다보인다. 그곳에서 손톱보다 작아진 서울의 건물들을 내려다보며 느긋하게 커피를 마셨다. 나른한 카페인이 온몸에 봄기운처럼 번졌다. 그 기운에 기분이 좋아진 나는 주인에게 쟁반을 가져다주며 너스레를 떨었다.

"여기 올 때마다 마시는데 아무리 다녀봐도 서울에서 여기보다 전망 좋은 곳은 없는 것 같아요."

"우리 가게 언제부터 오셨어요?"

주인이 내 너스레를 반갑게 받아주며 물었다.

"한 10년 된 것 같아요."

10년이라는 말에 나도 모르게 힘이 들어갔다. 은근한 '단골 부심'이 올라와 씨익 웃었다. 그러자 명당에서 커피를 마시던 어르신도 거들었다.

"난 한 20년 됐지. 이 동네 이사 오면서부터 왔으니."

그 건너편에서 조용히 차를 마시던 어르신도 동참했다.

"난 40년이야. 이 카페 생기면서부터 왔거든."

어르신들의 목소리에도 '단골 부심'이 가득했다.

이른 봄날의 늦은 오후, 소소한 자부심으로 가득한 단골들이 옹기종기 커피를 마셨다. 그 옆으로 서울이 한양이던 시절부터 있어 온 토박이 성곽이 심드렁하게 구부러져 있었다. 카페와 성곽길에도 봄이 카페인 기운처럼 무연히 번지고 있었다.

아스팔트 위에서 생일을

외옹치항

"이야, 이게 아직도 있네."

베란다를 정리하던 백이 수납장 귀퉁이에서 먼지를 잔뜩 뒤집어쓴 붉은색 천을 꺼냈다. 나는 정체불명의 먼지투성이 천을 보고 질겁하며 얼굴을 찌푸렸다.

"뭔데? 안 쓰는 거면 버려."
"이거 그거야. 외옹치항, 그 텐트."

오래전 여름이었다. 초등학교 짝꿍에서 동네 친구로, 동네 친구에서 연인으로, 연인에서 부부로 진화한 백과 내가 결혼한 첫해였다. 결혼 전 무럭무럭 키우던 열망이 사업 실패로 두루뭉술하게 뭉개지면서 삶이 남루해진 해이기도 했다. 소중한 재산 목록이라고는 캐논 300D 카메라 한 대와 언제 멈춰도 이상하지 않은 구형 소나타 자동차, 오래된 산악용 텐트, 찌그러지고 벗겨진 낡은 코펠과 버너 정도가 전부였다. 다행인지 불행인지 우린 남루함을 낱낱이 들여다보고 냉철하게 비관할 만큼 철들지 않았었다.

그날은 몹시 더운 주말이었다. 나는 거실에 누워 선풍기 바람으로 더위를 식히며 점심 메뉴를 고민하고 있었다. 국수가 좋을까, 비빔밥이 좋을까? 어느 쪽이든 열무를 넣어야지. 8월은 열무지. 8월…… 문득 싸한 느낌이 들었다. 뭔가를 놓쳤을 때 드는 묘한 자각이었다. 황급히 달력을 보니 백의 생일이 지나 있었다. 음력 생일을 쇠는 탓에 달력을 확인하지 못하고 그냥 지나쳤던 것이다.

당황스러움과 미안함이 밀려왔다. 몇 달 전 내 생일을 소박하지만 정성껏 치러준 백의 얼굴이 떠올라 미안함이 몇 배로 증폭했다. 난 당장이라도 울 것 같은 목소리로 백에게 이 사실을 알렸고 백은 그깟 생일이 대수냐며 오히려 날 달래줬다. 하지만 아무래도 마음이 풀리지 않았다. '그깟' 생일을 지나쳐서가 아니라 삶도 팍팍한데 생일'까지' 지나쳐서였다.

"바다에 가자! 강원도로! 거기서 생일을 지나친 기념일

을 만들어 보내자."

내 선언에 백은 조금 어리둥절한 표정으로 눈을 껌벅이더니 이내 짐을 꾸렸다. 짐이라고 해봐야 카메라와 작은 텐트, 찌그러진 코펠과 버너가 전부였지만.

늦은 오후, 우린 강원도로 가는 고속도로 위에서 이런저런 수다도 떨고 볼륨을 한껏 키운 노래도 따라 부르며 충동적 여행이 주는 설렘에 잔뜩 들떴다. 하지만 토요일 오후의 고속도로는 꽉 막히기만 했다. 오래된 차라 에어컨 바람은 후텁지근했고 날은 저물어갔다. 기분도 점점 후텁지근하고 어두워졌다. "밤바다를 걷는 거야. 파도 소리를 들으며." 난 최대한 좋은 상황을 상상하며 애써 밝게 말했다. 자동차 스피커에서는 저 혼자 신난 유행가가 눈치 없이 흘러나오고 있었다.

외옹치항에 도착하니 밤이었다. 누군가에게 좋다는 말을 들은 적이 있어서 고른 곳이었다. 하지만 외옹치항 주변 식당은 영업이 끝나 있었고 몇몇 횟집만 문을 연 상태였다. 다른 바다로 가기엔 시간이 너무 늦었다. 우린 조심스레 횟집 가격표를 흘끗거렸다. 대부분의 생선 이름 옆에 '싯가'라고 적혀 있었다. 혹시 그 '싯가'가 우리의 주머니 사정을 훌쩍 넘어설까 봐 얼마인지 확인할 엄두가 나지 않았다. 우리가 할 수 있는 일은 '싯가' 안쪽 세계를 최대한 담담한 표정으로 빠르게 흘끔거린 뒤 우리가 안착할 세계를 찾는 것이었다.

여기저기 기웃대다 결국 평평한 땅에 텐트와 돗자리를 폈다. 저 멀리 낚시꾼들의 텐트도 몇 개 보였다. 우린 낚시 용품을 파는 상점에서 라면 세 봉지를 사 코펠에 끓였다. 그날 첫 끼였다. 아침은 늦잠 자느라 거르고, 점심은 메뉴를 고민하다 강원도로 와버리는 바람에 놓쳤다. 우린 입천장이 데어 까질 만큼 허겁지겁 라면을 먹었다.

끼니를 해결하고 나서야 주위 풍광이 눈에 들어왔다. 파도 소리와 비릿한 냄새. 틀림없이 바다였다. 하지만 모래사장이 펼쳐진 낭만적인 밤바다는 아니었다. 비릿한 포구 냄새와 정신없이 날아드는 모기 때문에 낭만이 발 뻗을 곳이라고는 없는 장소였다. 그곳에서 가장 좋아 보이는 건 우리의 작은 텐트였다. 결국 텐트로 들어가 잠을 청했다.

다음 날 아침, 낯선 공기와 소리에 일찍 잠이 깼다. 사람들 소리도 들렸다. 나가 보니 우리가 텐트를 친 곳은 아스팔트 길 위였다는 것을 깨달았다. 다행히 차량 통행이 거의 없는 도로 맨 끝이었다. 조업을 나가는 어부와 식당 문을 여는 상인들, 거리를 오가는 사람들이 아스팔트 위에서 야영한 우리를 흘끔거렸다. 우린 전날 먹은 라면 때문에 잔뜩 부은 얼굴로 자리를 정돈하고, 물을 끓여 믹스커피를 마신 뒤 항구를 조금 걷다가 집으로 왔다. 그해, 백의 생일은 그렇게 비릿하고 엉성하게 지나갔다.

몇 주 전, 외옹치항에 다녀왔다. '바다향기로'를 걷기 위해서였다. 2018년, 65년 만에 민간에 개방된 바다향기로는 외옹치항에서 해수욕장을 잇는 길로, 아늑한 솔숲과 바다를 따라 난 나무 덱이 이어져 있었다.

외옹치해수욕장은 백의 생일을 놓친 해에는 개방되지 않았다가 2005년 여름에야 출입이 허가된 바다였다. 녹슨 철조망 너머로 눈부신 바다가 걷는 내내 따라왔다. 그때 외옹치해수욕장이 개방되었다면, 그곳에서 생일을 보냈다면 좀 더 낭만적이고 근사했을까?

나는 바다향기로를 걸으며 떠올렸다. 깜깜한 항구 아스

팔트 위에 덩그러니 펼쳐져 있던 작고 낡은 텐트와 그 안에 납작하게 누워 생일을 축하하던 우리를. 모래 알갱이처럼 잔뜩 쪼그라들어 '싯가'를 확인할 엄두조차 내지 못했던, 라면 세 봉지로 삶의 허기를 채우고도 남을 만큼 미미했던 우리를.

구불구불 찬란한

통도사 무풍한솔길

화양연화花樣年華. 인생에서 꽃처럼 가장 아름다운 순간.

어쩌다 보니 나는 왕가위 감독의 이 영화를 20년이나 지각해서 봤다. 매혹적이고 아름다운 영화였다. 영화가 끝난 후에도 짙고 어두운 녹색과 붉은색의 장면들이 마음속에서 반복해 상영되었고, 그 영화 속 장면들은 비좁은 통로를 통과해 내 인생의 화양연화로 환원되었다. 영화의 한 장면처럼 남아 가슴속에서 자꾸만 반복되는 어떤 시절.

그 장면 속에서 백과 나는 안개가 자욱한 겨울 밤거리를 걷고 있다. 아직 신도시가 완성되지 않아 도로는 끊겨 있고, 공사장 자재와 흙더미 들이 무덤처럼 쌓여 있는 거리. 그 무렵 우리의 세상도 그 도시처럼 황폐하고 차가웠다. 의심하지 않았던 것들이 무너지고, 바라던 것들이 좌절되고, 모든 대접과 말들이 송곳이 되어 찌르던 날들. 빈 도시엔 자주 짙은 안개가 끼었고 우린 자주 절망했다. 나는 숨이 잘 쉬어지지 않아 잠들지 못하는 날이 많았다. 백은 소리 없는 한숨을 자주 쉬었다.

그때마다 우리는 두꺼운 옷을 입고 나와 무턱대고 빈 도시를 걸었다. 1시간이고 2시간이고 길 없는 길을 길 잃은 사람처럼 걸었다. 걷다 보면 답답하게 웅크린 절망에 조그마한 숨구멍이 뚫렸다. 그렇게 숨구멍이 뚫리면 그 구멍이 닫힐세라 가만가만 들어가 잠이 들곤 했다.

이상하게 화양연화라는 말은 그 시절을 소환한다. 고통에 대한 향수도, 지나간 시간에 대한 애틋함도 아니다. 그저 축축하고 짙은 안개 냄새와 패딩 주머니 속 꼭 잡은 손에서 풍기던 온기, 2월의 겨울이 영원히 시들지 않는 꽃처럼 내 삶 어딘가를 늘 서성인다.

이제 그 빈 도시에는 아파트들이 빼곡히 들어섰고 앙상하고 어렸던 나무들도 굵게 자랐다. 우린 여전히 밤 산책을 즐기지만, 거리는 그때처럼 서늘하고 캄캄하지 않다. 우린 길을 잃지 않는다.

올해 2월, 통도사를 찾았다. 백과 나는 사찰 가는 길을 좋아한다. 선암사, 송광사, 운문사, 월정사, 천은사, 대원사. 우리가 좋아하는 사찰들이다. 특히 이 사찰들로 들어

가는 길을 좋아한다. 이 사찰들은 프랜차이즈 햄버거집이나 카페 옆에 놓이지 않는다. 지하철역 출구나 버스 정류장 근방에 있지도 않다. 사찰은 저만치 깊숙이 있다. 그 속으로 들어가는 길은 외졌다. 사찰에 가는 사람들은 외진 길을 걸으며 조용조용 마음을 쏟아낸다. 사원 기둥 구멍에 비밀을 쏟아내던 양조위처럼 은밀히 마음을 쏟아내야 비로소 사찰에 도착한다.

통도사 가는 무풍한솔길에는 소나무들이 바람처럼 굽어 있다. 구불거리는 짙은 소나무 길로 햇빛이 나풀나풀 흐르고, 군데군데 바위에는 한자로 된 수많은 이름들이 새겨져 있다. 벼슬을 지낸 이도 있고 김홍도나 박영효 같은 인물의 이름도 있다. 이름들은 각기 다른 시대에 새겨진 듯 풍화된 정도가 조금씩 달랐다.

나무와 바위와 길은 통도사까지 이어진다. 일주문과 천왕문, 불이문을 지나면 대웅전이 나온다. 통도사 대웅전에는 불상이 없다. 부처님의 진신사리와 가사를 금강계단에 봉안하고 있기에 대웅전에 따로 불상을 모시지 않는다. 부처님의 진신사리를 모시고 있어서 '불보사찰'이 된 통도사는 16명의 국사를 배출한 송광사, 팔만대장경이 있는 해인

사와 더불어 우리나라 삼보사찰이다. 사찰 전체가 아름다운 보물이다.

우리가 통도사에 도착했을 때 경내에는 지장매가 이제 막 꽃망울을 터트리고 있었다. 눈이 많이 왔던 겨울 끝에 보는 봄꽃이어서 그런지 사람들은 분홍 매화 앞에서 환한 표정으로 사진을 찍고 있었다. 다들 그 꽃이 약속하는 새로운 계절에 조금은 설레고 들뜬 표정이었다. 백의 렌즈 앞에 낡은 털모자를 쓴 스님 한 분이 들어왔다. 하염없이 매화나무를 보고 계셨다. 우리도 꽃나무 주위를 한참 서성이다 통도사 경내를 천천히 걸었다. 금강계단은 개방되지 않아 보지 못했으나 위엄 있는 사찰을 구석구석 보는 것만으로도 충분했다.

사찰 바깥으로는 영축산에서 내려온 물이 흐르고 있었고 그 위로 아치형의 홍예교들이 놓여 있었다. 하천 옆으로는 담이 이어져 있었다. 돌담은 느티나무가 뻗는 길을 방해하지 않으려고 드문드문 구멍이 뚫려 있었고, 그 구멍으로 늙은 나무들이 자라고 있었다. 나는 그 구멍에 다가가 잠시 어떤 말을 읊조렸다. 내 몸을 빠져나간 염원과 비밀이 늙은 나무가 자라는 돌담 구멍에 담길지, 아니면 구멍에 봉인된 채 늙은 나무와 함께 통째로 내 기억에 다시 담기게 될지는 알지 못한다. 내가 잊어도 느티나무는 기억할지 모른다. 느티나무가 잊어도 나는 기억할지 모른다. 이 짧고 사소한 순간이 느티나무의 생과 내 생 어딘가를 서성이다 문득 아무도 보지 못하는 곳에서 엷은 꽃으로 필지도 모른다.

구멍에 말을 묻어두고 통도사를 나와 다시 무풍한솔길로 걸었다. 통도사에 들어갈 때보다 해가 많이 누워 있었다. 백은 길과 소나무를 찍고 있었다.

"뭐 찍노?"

우리 등 뒤에서 자그마한 체구의 할머니가 백의 카메라를 물끄러미 보며 물으셨다.

"사진 찍고 있어요. 길이 너무 좋아서요."

백이 웃으며 대답했다.

"여 참 좋제?"

"네. 너무 좋아요."

"느그들도 참 좋다."

할머님이 따뜻하게 웃었다.

"감사합니다. 어르신, 보리 과자 좀 드시겠어요?"

백이 주머니에서 보리 과자를 주섬주섬 꺼냈다. 할머님은 빙긋이 웃으며 과자를 받으셨다.

"느그들도 참 좋고, 나도 참 좋고, 여 참 좋제?"

할머님의 가늘고 부드러운 목소리가 시처럼 번졌다. 가슴이 분홍색 매화처럼 환해졌다. 2월의 해가 소나무 사이로 열게 출렁였고 새들이 쉬지 않고 지저귀고 있었다. 문득 먼 훗날 이 순간이, 어느 아름다운 노인이 '너희들도 좋고, 나도 좋고, 여기도 좋다'고 시처럼 읊조리던 2월이 우리의 화양연화로 기억될 것 같다는 생각이 들었다.

유한한 날들, 무한한 기억

청해진 유적지

백은 무한을 좋아하고 나는 한정을 좋아한다. '무한 리필' '무한 고기'는 백을 행복하게 해주는 언어들이고 '스타워즈 한정판 수첩' '한정판 만년필' 등은 나를 행복하게 하는 언어다. 사실 무한은 식욕의 한계효용 때문에 쉽게 유한해지며, 한정은 포장지만 갈아입고 끝없이 복제되는 무한한 상품에 가깝다는 걸 잘 알지만, 우린 무한하지 않은 무한과 한정되지 않은 한정에 번번이 쉽게 설득당한다.

그날 아침은 백의 무한과 나의 한정이 타협하지 못했다. 전날 무거운 카메라 장비를 들고 6시간 가까이 쉬지 않고 걸으며 촬영한 백은 숙소로 돌아오자마자 잠드는 바람에 아침부터 몹시 허기져 있었다. 반면 같은 거리를 걸은 나는 그날 밤 허기를 견디지 못해 컵라면을 먹고 잠든 탓에 아침은 좀 산뜻하게 먹고 싶었다. 백은 밥과 반찬이 무한히 리필되는 푸짐한 한식 뷔페식당을 가고 싶어 했고, 나는 카페에서 아침에만 판매하는 모닝 세트를 먹고 싶었다.

하지만 배부른 사람의 욕망이 배고픈 사람의 허기를 누른다는 게 미안해서 마지못해 뷔페식당으로 갔다. 칠천 원짜리 뷔페는 뷔페라기보다는 반찬 가짓수가 좀 많은 셀프식당에 가까웠다. 음식이 뒤죽박죽 섞이는 것을 질색하는 나는, 비행접시처럼 커다란 접시에 제육볶음과 김치와 멸치볶음이 눈치 없이 질척질척 섞인 모양새를 보고 식욕을 점점 잃었다. 드문드문 날아드는 파리를 쫓느라 그나마 약하게 남아 있던 입맛마저 잃어버렸다.

결국 먹는 둥 마는 둥 식사를 마쳤다. 물론 백은 밥과 반찬을 몇 번이나 리필하며 행복해했다. 얼마나 행복했는지 내가 빈 젓가락질을 하며 깨작거리는 것도 눈치채지 못했다. 식당을 나올 무렵 나는 불쾌해져 있었다. 뒤죽박죽인 반찬에도, 끈적거리는 식탁에도, 나의 불쾌를 알아차리지 못한 채 혼자 유쾌했던 백에도 짜증이 났다. 완도를 더 둘러보고 갈지 바로 강진으로 갈지 묻는 백에게 나는 마음대로 하라며 시큰둥하게 대답했고, 내 냉랭함에 백도 마음이 상했는지 입을 다물었다.

결국 여행지에서 우린 기분이 상한 채 서로 차창 밖만 바라보았다. 백은 내비게이션에 강진을 찍었다. 내심 완도를 좀 더 둘러봤으면 하는 마음도 있었지만, 그런 마음을 이야기하기엔 분위기가 너무 차가워져 있었다. 이런 일로 불쾌한 시간을 만드는 것이 얼마나 바보 같은 짓인지 너무 잘 알지만, 기분이란 제멋대로 폭주하는 폭군이어서 어쩔 도리가 없었다. 차는 완도터널을 향해 가고 있었다. 그때였다. 우리 두 사람의 시야에 맑은 연둣빛 잔디를 전복 모양으로 소복하게 얹은 작은 섬이 눈에 들어온 것은.

"와……!"

백이 작게 탄성을 내질렀다. 나 역시 눈길을 사로잡는 섬의 자태에 놀랐지만 아직 차가운 자존심이 호기심을 누르고 있었다. 내가 여전히 입을 다물고 있자 백은 연신 섬을 흘끗거리며 계속 가던 길을 갔다. 슬슬 애가 탔다.

'저 섬을 지나치면 다시 오기 어려울 텐데……. 지금 가면 완도에 언제 다시 올지도 모르고……. 어떡하지?'

사이드미러에 비친 섬이 멀어질수록 초조해졌다. 백이

내 얼굴을 흘끗거렸다. 그러고는 이내 자존심과 호기심과 초조함이 뒤범벅된 내 표정을 간파한 듯 입을 열었다.

"저렇게 전복 행성처럼 생긴 섬은 안 가볼 수가 없잖아!"

나는 백의 말을 다급하게 물었다.

"그럴 수는 없지. 그렇게 살면 안 되지. 암, 그렇고말고."

그렇게 우리는 다급히 차를 돌려 전복 행성으로 향했다.

섬은 장좌리 바다 한복판에 있었다. 자동차들이 내달리고, 바다가 출렁이고, 사람들이 오가는 분주한 세상 한복판에서 섬은 혼자 좋은 꿈을 꾸듯 동그마니 빛나고 있었다. 깨끗한 잔디가 섬 전체를 덮고 있었고 연어의 속살 같은 분홍빛 길이 구불구불 이어져 있었다. 드문드문 고풍스러운 건축물도 보였다.

예사롭지 않은 그 섬은 장도 청해진 유적지였다. 통일신라 시대 장보고가 만든 청해진이 있던 곳으로, 1991년부터 2001년까지 두 차례에 걸쳐 이루어진 발굴 작업을 통해 성벽과 건물, 우물, 유구 등을 발굴해 복원한 유적지였다. 그러고 보니 완도 어딘가에서 거대한 동상을 본 기억이 났다. 그 동상이 장보고였다. 완도는 장보고의 도시였고, 장도는 장보고의 섬이었다.

청해진 유적지는 육지에서 200미터 정도 떨어진 곳에 작은 목교로 연결되어 있었다. 예전에는 이 목교가 없어서 하루 두 번, 썰물 때에만 들어갈 수 있었다고 한다. 목교를 건너 입구에 도착하자 성의 입구인 외성문이 보였고 그 앞에 작은 우물이 있었다. 우물 외부에 'ㄷ'자 모양의 지형이 있었다. 안내문을 보니 우물을 보호하고 외성문을 보완하는 기능을 하는 독특한 형태의 유구라고 적혀 있었다.

외성문을 통과해 유적지 안으로 들어가자마자 완만한 경사의 둔덕이 매끄럽게 엎드려 있었다. 그 위로 성곽길과 산책로가 나란히 이어져 있었다. 여기저기서 온갖 새들이 지저귀며 날아다녔다. 과하지도 부족하지도 않은, 단정하고 아름다운 유적지였다. 조성된 산책로를 따라 걷는 내내 완도 바다가 눈부시게 어른거렸다. 길 중간중간 옛 성곽의 잔해가 보였다.

"이 성은 둘레가 890미터 정도래."

"판축 기법으로 지었다는구먼. 판자로 틀을 만든 다음

그 안에 모래나 흙을 넣어 쌓았대."

"여기가 당굿을 하는 곳이라네."

우린 조금 전 냉랭하고 불쾌했던 감정을 희석하기 위해 아무 말이나 내뱉었고, 그곳에 있는 모든 안내판 문구를 과장되게 읽었다.

둥근 경사로 형태의 성곽길에 드문드문 평평하고 탁 트인 공간이 나왔다. 성벽 일부를 돌출시켜 적의 동태를 살피고 성벽을 오르는 적을 공격할 수 있도록 만들어진 공간이었다. 그런 공간을 '치稚'라고 부른다는 것도 처음 알았다.

"여기는 치래, 치!"

"칫!"

우린 연신 '치치'거리며 길을 걷고 바다를 둘러보았다. 유적지 외곽으로도 길이 통했다. 주요 산책로가 아니라 그런지 관목과 풀이 우거져 있었다. 비밀의 숲 같은 길을 통과하니 불쑥 바다가 나왔다. 작은 섬이라 한 바퀴를 도는 데 1시간도 채 걸리지 않았기에 우린 다시 천천히 걷기 시작했다. 좋은 날이었고 좋은 산책로였다.

아침 한정 메뉴와 무한 리필이 충돌하며 낸 작은 얼룩은 무한하지 않았다. 우린 유한한 공간을 무한히 누렸다. 이렇게 누린 시간은 기억의 터 어딘가에 묻혀 있다가 의도하지 않은 날, 의도하지 않은 방식으로 불쑥 고개를 내밀지도 모른다. 갑작스럽게 방문한 기억이 내 언어를 입고 있을지, 백의 이미지를 입고 있을지는 모른다. 어쩌면 무한 리필 백반과 한정 판매 모닝 세트, 전복 행성이 엉뚱하게 뒤얽혀 있을지도 모른다. 어쩌면 무얼 먹었는지, 무엇 때문에 다퉜는지 기억나지 않을 수도 있다. 다만 언젠가 그 기억이 불쑥 문을 열고 찾아오면 오래도록 천천히 그 기억의 길을 다시 걸을 것이다.

벗에게 가는 길

다산초당에서 백련사 가는 길

강진은 다산 정약용의 유배지가 있는 곳이다. 다산 정약용이 환기하는 수식어는 무수히 많다. 조선 시대 최고의 학자이자 시인, 발명가, 건축가, 천재 등. 소설과 영화, 중고등학교 교과서와 시험문제에 단골로 출연하는 그는 부인할 수 없는 조선 시대 최고의 학자로 꼽힌다. 하다못해 대학교 건물 이름에 가장 흔하게 사용되는 이름도 '다산'이다. 너무 뛰어나 정조의 총애를 받았고 주변의 시기와 질투에 휘말렸다. 황사영 백서사건으로 유배되어 강진에서 18년을 살았다. 그중 11년을 다산초당에서 보내며 500권이 넘는 저서를 남겼다.

그의 삶을 상상해보면 쓸쓸한 유배지에서 생각과 마음을 끝도 없이 캐고 또 캤을 것이다. 찾고 또 찾고, 헤매고 또 헤매다 글로 옮겼을 것이다. 그러다 외로우면 40분 남짓한 오솔길을 걸어 백련사에 있는 벗, 아암 혜장 스님을 만나 차를 마시며 이런저런 이야기를 나눴을 것이다.

유서 깊은 다산의 유배지와 그가 벗을 만나러 오갔던 길을 걷기 위해 강진에 도착했다. 인재개발원에서 다산초당 가는 길 초입에는 대나무 숲이 짙게 드리워 있었다. 깨끗하고 부드러운 길을 따라 산책을 시작했다.

"11년 동안 500권이라니……. 내가 번역가로 살아온 햇수와 비슷한데 내 번역서의 열 배도 넘어."

다산초당 가는 길의 화두는 단연 다산이었다.

"정약용은 천주교 신자였을까? 신자였다가 배교했다고 읽었는데, 자명소를 보면 겉으로만 배교하고 속으로는 은밀히 믿었을 것 같아."

"자명소? 그게 뭔데?"

백의 물음에 전자책을 꺼내 내가 좋아하는 구절을 읊었다. 나는 이 구절을 읽을 때마다 가슴이 아릿하다. 김훈 작가가 《풍경과 상처》에서 〈모암선생연보俟菴先生年譜〉를 인용한 구절이다.

신이 소위 양학에 대해서 일찍이 그 책을 본 적이 있습니다. 그러나 그 책을 보았다는 것이 어찌 바로 죄가 되겠습니까? 말을 박절하게 하지 않으려 해서 '책을 보았다'고 하는 것이지, 참으로 책만 보는 데서 그쳤다면 어찌 바로 죄가 되겠습니까? 대개 일찍이 마음속으로 기뻐하고 사모했으며, 그 내용을 가지고 다른 사람에게 자랑한 적이 있었습니다. 본원의 마음자리에 기름이 스며들고 물이 젖어들어 뿌리가 튼튼히 박히고 가지가 얼기설기 뻗어나가는 것 같아서 스스로 깨닫지 못했습니다.*

"이건 버리겠다는 사람의 마음이 아니라 은밀히라도 사랑하겠다는 사람의 마음 아닌가? 서학을 읽어서가 아니라 사모했다잖아. 스몄다잖아. 그래서 잘못한 거라고 말하는 거잖아."

"그건 다산 선생만 알겠지."

부드러운 오솔길과 소나무, 삼나무 숲이 깊고 아늑하게

* 김훈, 《풍경과 상처》, 문학동네, 2009, 51쪽.

펼쳐졌다. 나무뿌리가 계단처럼 완강하게 뻗은 언덕길을 지나니 기와지붕이 보였다. 개발원에서 약 1시간 정도 걸은 듯했다.

"저기 보이는 건가 봐!"

내가 가리켰다.

"아니야. 초당이니까 초가집이지. 저긴 다른 유적지인가 봐."

나름 건축 전문가인 백이 대답했다.

그곳은 다산초당이 맞았다. 나중에 유홍준 교수의《나의 문화유산답사기 1》을 보니 원래 작은 초가집이었으나 거의 폐허가 되다시피 한 유허를 1957년 다산유적보존회가 번듯한 기와집으로 다시 지은 것이라고 했다. 초당이니 초가로 복원되었으면 더 좋았겠다는 아쉬움이 들었다.

아무튼, 기와로 된 초당에 도착하니 적막하고 어두운 유배지가 한눈에 들어왔다. 깊은 숲이어서인지 한낮에도 그늘이 짙었다. 다산초당 오른쪽에 다산이 계곡물을 끌어와 만든 작은 연못이 있었고 마당에는 평상처럼 넓적한 바위

가 있었다. 그곳에서 한 잔에 천 원인 차를 팔고 있었다.

우린 바위에 앉아 차를 마셨다. 차를 마시면서 이 응달의 유허에서 연못을 만들고, 나무를 바라보고, 꽃을 심으며 쉼 없이 글을 썼을 학자의 삶을 생각했다. 쓸쓸하여 견딜 수 없을 때 찾아갔을 벗도 떠올렸다. 아마도 여기서 오솔길을 걸으며 벗을 만나 나눌 이야기를 머릿속 가득히 떠올렸을 것이다.

우린 차를 마시고 다시 길을 나섰다. 백련사 가는 길은 오르막과 내리막이 조금 더 많은 숲길이었다. 샛길이나 갈림길이 없어 길을 잃을 염려는 없었다. 짙은 숲에서 풀벌레들이 요란하게 울었다. 다산초당에서 마셨던 차의 맑은 약효가 슬슬 떨어질 즈음 사찰이 드러났다.

백련사에서 가장 먼저 맞은 것은 뜻밖에도 시원한 아이스크림이었다. 물론 돈을 내고 사 먹는 것이었지만 이런 산중에서 아이스크림을 먹을 수 있으리라고는 상상도 못했기에 고맙고 반가웠다. 사찰로 올라가 오른쪽으로 가니 강진만이 한눈에 내려다보였다. 우린 돌담에 걸터앉아 아이스크림을 먹으며 강진만을 바라보았다. 스님 한 분이 지나가시다 우릴 보고 빙긋이 웃으며 인사를 해주셨다.

"제일 좋은 곳에서 제일 좋은 시간을 보내시네요."

백은 사진을 찍기 위해 사찰을 이곳저곳 둘러보았고 나는 돌담에 앉아 글을 정리했다. 그리고 만경루로 들어갔다. 잘 닦인 마룻바닥과 아름다운 창이 나 있는 만경루에서 짙은 나무 냄새가 났다. 창 앞에 앉으니 배롱나무 한 그루가 액자 속 그림처럼 동그마니 담겨 있었다. 나는 허리를 꼿꼿이 세우고 앉아 배롱나무를 바라보았다. 그러다 눈을 감은 채로 배롱나무의 자태를 그려보았다. 눈을 감아도 보였다. 고통인지 희열인지 모를 뒤틀림으로 허공을 더듬는 가지들, 그 가지에 맺힌 녹색의 잎사귀들, 그 잎사귀들 위로 떨어지는 햇살.

내가 보지 못한 시절, 만나지 못했던 이들의 모습도 그려보았다. 살생당하지 않고 안심하며 자란 식물들이 반짝이는 백련사에서 먼바다를 바라보며 두런두런 이야기를 나누는 두 친구의 모습을. 향기 깊은 차를 마시며 더 깊은 이야기를 나누는 학자와 스님을. 응달진 유배지에서 볕바른 곳에 있는 친구를 만나러 조금은 싱글벙글하며 오솔길을 걸었을 쓸쓸한 유배자를.

의외로운 구역

중남미문화원

그곳을 아는 사람들은 그곳을 언급할 때 '의외'라는 수식어를 사용하곤 한다. 가보지 않은 이들은 왜 뜻밖인지 알지 못한다. 하지만 한 번이라도 가본 사람들은 '어! 의외네.' 하고 말한다. 백과 나도 그랬다.

"여기가 맞나?"

조수석에 앉은 백이 스마트폰으로 거듭 지도를 확인했다.

"내비 잘 따라가고 있으니 맞겠지."

말은 했지만 확신이 없었다. 빌라와 아파트, 동네 슈퍼, 치킨집과 호프집 등이 있는 평범한 주택가에 남미 여인들의 조각상과 마야의 문화, 아즈텍의 연보, 라틴아메리카 바로크풍의 성당이 있다고는 상상하기 힘들었다. 의심과 확신 사이를 애매하게 오가며 10여 분쯤 더 가자 작은 공터 주차장이 나왔다. 상냥했던 내비게이션 안내자는 목적지에 도착했으니 안내를 종료하겠노라고 돌연 선언했다. 당황한 우리는 주위를 둘러보았다. 가장 먼저 눈에 들어온 건 낡은 홍살문과 향교였다. 그리고 그 옆으로 사진에서 보았던 건물들이 보였다. 중남미문화원이었다.

"이런 곳에 있다니 의외네."

입장료를 내고 들어서자 오래된 수도원 분위기를 풍기는 붉은 벽돌 건물들이 보였다. 그 사이로 철골로 만든 돈키호테와 눈을 감은 여인, 푸른 치마를 입은 여인, 잘 정돈된 정원이 다른 세계처럼 펼쳐졌다. 작은 동네 귀퉁이에 이런 정원과 벽돌 건물의 모습은 정말 '의외'였다. 이런 곳이라면 꽤 유명한 곳으로 소문이 나 있을 법도 한데, 근처 주민들조차 대부분 이곳을 모르고 있었다. 이 역시 무척 의외였다. 비가 내려서인지 사람은 적었지만 박물관과 종교관을 다 살펴보고 야외 정원까지 둘러보려면 시간이 꽤 걸릴 것 같았다.

가장 먼저 들어간 박물관 내부에는 커다란 흰 기둥 네 개가 귀퉁이를 받치고 있었고, 돔형 천장에서 흘러드는 자

연광이 아치형의 창문을 통과해 주황색 타일 위에 나란히 누워 있었다. 그 옆에 스페인 양식의 분수대가 실루엣처럼 서 있었다. 분수대가 있는 홀을 둘러싸고 여러 전시관이 배치되어 있었다.

내 눈길을 가장 사로잡은 곳은 가면 전시관이었다. 하얀 벽 가득 죽음, 기쁨, 절망, 슬픔, 괴로움 등의 표정을 지은 멕시코 전통 가면들이 걸려 있었다. 토토낙Totonac 원주민들이 하나뿐인 자신의 영혼에서 해방되어 다른 영혼들과 만나게 된다는 믿음으로 만든 가면, 젊은이와 노인의 얼굴, 사후의 모습이 겹겹이 담긴 마야 문명의 틀라틸코Tlatilco 가면 등 생경하고 신비로운 표정들이 벽면을 가득 메우고 있었다.

인간은 태어나서 죽을 때까지 오직 한 사람으로만 존재해야 하는 숙명에 가면을 덧씌워 샤머니즘을, 예술을, 할 말을 담는다. 그 뻔한 기만에 착용자도 관람자도 모두 속는 척하는 건 맨얼굴로는 도저히 닿지 못할 어떤 대상이 있기 때문일까, 진짜 얼굴로는 도저히 짓지 못할 표정이 있기 때문일까? 아니면 얼굴을 감춰야만 드러낼 수 있는 내면의 무수한 표정이 있어서일까?

벽에 걸린 표정들이 한꺼번에 내게 말을 걸어오는 것 같았다. 뭐라도 대답해야 할 것만 같아 우물쭈물하는 나를 가면들이 내려다보고 있었다. 더러는 성난 표정으로, 더러는 깔깔대는 웃음으로. 나도 살면서 한번쯤은 저런 표정을 지어본 적이 있다. 혹은 짓고 싶었던 적이 있다. 저토록 분노하고 조롱하고 슬픈 표정을 짓지 못했다면 그건 가면이 없어서였을 것이다. 반대로 짓고 싶지 않은 표정을 능청스럽게 지은 적도 많다. 그건 내가 능숙하게 길들여가며 사용해온 좋은 가면이 있어서일 것이다.

가면의 방을 지나 다른 전시관을 둘러보았다. 화려하고 아름다운 직물부터 토기, 그릇, 악기, 원두 분쇄기, 다리미 등에 이르기까지 라틴아메리카 곳곳의 종교와 문화가 담긴 물건들이 가득했다. 흐릿하고 침침한 실내조명과 먼지 쌓인 전시품들은 조금 아쉬웠지만 자극되는 호기심 덕에 훨씬 즐거웠다.

백과 내가 가장 좋아했던 공간은 종교 전시관이다. 그곳은 성당 하나가 축소되어 통째로 옮겨진 듯 경건하고 아름다웠다. 16세기 이베리아 왕조 문화가 중남미에 들어와 기독교가 전파되었고 17세기 이후 유럽의 바로크 양식이 들어오면서 라틴아메리카만의 바로크 양식이 생겼다. 성당은 그 라틴아메리카 바로크 양식을 그대로 반영하고 있었다.

가톨릭 신자인 우리는 종교 전시관에 들어서자마자 습관적으로 성호를 그었다. 스테인드글라스로 들어온 햇빛이 성당 곳곳에 부드럽게 어른거렸고, 나무를 정교하게 조각해 만든 의자들은 미사를 기다리듯 가지런히 놓여 있었다. 제단에는 예수와 마리아, 천사들이 조각된 레타블로Retablo(종교 미술작품)가 있었다. 바로크 종교 미술가인 아구스틴 파라 에차우리Agustín Parra Echauri의 작품인 제단 앞에서 있자니 마음 한쪽에 구겨두었던 오래된 죄책감들이 낱낱이 살아나는 기분이었다. 나는 레타블로 앞에서, 백은 스테인드글라스를 통과한 빛 앞에서 한참을 있었다. 작고 깊은 공간이어서 둘러본다기보다는 머물기 좋은 전시관이었다.

박물관과 미술관, 종교 전시관까지 둘러보고 나니 몇 시간이 훌쩍 지나 있었다. 두어 시간 미술관 산책을 하려던 것이 훨씬 길어졌다. 조각 정원도 봐야 했고 길이 23미터에 달하는 마야 벽화도 봐야 했다. 무엇보다도 배가 고팠다. 다행히 문화원 내에 작은 타코 가게가 있었다. 문화원에 딸린 식당이어서 큰 기대 없이 타코를 주문한 백과 나는 한 입 먹자마자 동시에 외쳤다.

"의외네!"

철판에 고기와 채소를 갓 구워 만든 타코와 살사소스를 듬뿍 찍은 바삭한 나초는 생각보다 훨씬 맛있었다.

정신없이 타코로 요기를 하고 나니 어느새 비가 그쳐 있었다. 오전 내내 내린 비로 정원의 조각상들은 짙은 질감을 띠었다. 눈을 감고 누운 여인의 눈꺼풀 위로, 고단하게 허공을 응시하는 이의 머리 위로, 웅크린 이의 어깨 위로 젖은 이끼가 부드럽게 덮여 있었다. 청동색 화병에도 빗물이 고여 있었다. 우린 타코 가게에서 커피를 주문해 텀블러에 담은 뒤 정원 산책을 시작했다.

정원 곳곳에 청동 혹은 돌로 된 조각들이 있었다. 그들은 라틴아메리카가 아닌 대한민국 고양시에서 느긋한 자태로 엎드려 담배를 피우거나, 마른 물동이를 이거나, 좋은 꿈을 꾸듯 편안하게 눈을 감고 있었다. 담배를 다 피운

자리에, 공허한 시선을 거둔 자리에, 잠에서 깬 자리에 남미의 태양과 낯선 언어들이 쏟아지고 아요요테Ayoyote나 트롬페타Trompeta 같은 이름의 악기들 소리가 울리는 공간이 숨겨져 있다 해도 놀랍지 않을 것 같았다.

정원 길 끝에 거대한 마야 벽화가 있었다. 벽화 뒤로는 더 거대한 아파트들이 병풍처럼 버티고 섰다. 이곳이 평범한 주택가 한복판에 오래된 향교와 나란히 있다는 사실이 새삼 상기되었다. 문득 이런 공간에서라면 벽돌 건물 문을 열자마자 불쑥 아즈텍 시대나 마야 시대가 펼쳐진다 해도 '어! 의외네.' 하고 선선히 들어갈 수 있을 것 같았다.

느리게 흐르는 강

깐촌 나루터

세상 한 귀퉁이에 작은 나루터가 있다. 자동차로 갈 수 있는 길이 끝나고 작은 마을을 지나 다른 세계로 들어가는 통로처럼 생긴 굴다리를 지나면 불쑥 나오는, 빈 강이 흐르고 배가 흔들리고 기차가 지나가는 그런 나루터가.

우리가 도착했을 때 깐촌 나루터는 일시정지 버튼을 누른 화면처럼 적막했다. 정지화면의 균형을 침범해도 괜찮은지 아니면 같이 정지해 있어야 하는지 주저하느라 잠시 멈칫했다. 철커덩철커덩, 정지화면을 뚫고 기차가 지나갔다. 기차가 닫힌 지퍼를 열듯 통과하자 소리가 흐르기 시작했다.

오래된 강과 바람이 제자리에 고여 있거나 흐르는 소리. 옅게 언 강에서 얼음이 조금씩 균열하는 소리. 마른 수초를 흔들며 한 무리의 새들이 푸드덕 날아오르는 소리. 태백의 작은 연못에서 태어나 이곳까지 달려온 낙동강이 밀양강을 만나 출렁이는 소리, 나루터에 정박한 배들이 삐걱

자전거전용

대는 소리. 자전거 체인 소리. 이방인들이 두런대는 소리.

우린 나루터 가장자리에 털썩 앉아 강을 보고 있었다. 나루터라는 공간에 있다는 사실에, 그곳에서 강을 바라보고 있다는 사실에 괜히 우쭐해진 나는 시답잖은 농담을 던지며 거들먹거렸다.

"나는 늘 마시던 걸로."

백도 하찮은 농담에 동참하며 텀블러를 위스키 잔처럼 들어 보였다.

밀양의 깐촌 나루터는 백과 내가 편애하는 나루터다. 아니, 정확히 말하면 유일하게 찾아오는 나루터다. 대부분 자동차나 지하철을 이용하기에 나루터를 방문할 일은 거의 없다. 이 나루터라는 공간에 거의 와본 적이 없기에 그 단어를 떠올리며 만든 상상 속 공간은 쉽게 붕괴된다.

그럼에도 나루터라는 단어에는 오래된 감촉이 있다. 그 감촉을 더듬다 보면 어딘가에 앉아서 적당히 쓸쓸해지기 좋은 공간이 나온다. 깐촌 나루터에는 고독의 실체가 있다. 뱃사공과 돛단배가 있는 그런 나루터는 아니지만 쓸쓸해지기에는 충분한 공간이다.

경남 지역을 여행할 때면 밀양을 베이스캠프로 삼곤 한다. 김해, 부산, 양산, 창원, 창녕, 청도, 울산 등과 인접해 있어 여기저기 다니기 좋기 때문이다. 예전부터 밀양은 길과 길이 만나고 강과 강이 만나는 요충지였다. 그래서 '작원관'이 있었다. 일제강점기 때 경부선 공사로 허물어지고 지금은 터만 남아 작원관지라 불리지만.

작원관이라는 이름에는 이 마을을 설명하는 대부분의 요소가 들어 있다. '작鵲'은 까치를, '원院'은 조선 시대 관원들의 숙소가 있는 마을을 일컫는 표현이다. 이태원, 퇴계원 등도 같은 이유에서 뒤에 '원'이 붙었다. '관關'은 관문이라는 뜻이다. 이곳이 나루터를 오가는 사람과 짐을 검사하는 검문소 역할을 했다. 그러므로 작원관은 까치마을 관문이었다.

깐촌의 '깐'은 까치를 부르는 사투리 '깐치'에서 나왔으리라 짐작된다. 왜 까치마을인지는 추측만 있다. 신라 시대 임금이 행차하기 위해 배를 타고 이 마을 나루를 건널

때 까치 떼가 날아와 반겼다는 이야기도 있고, 신라 김유신이 백제와 싸울 때 까치로 둔갑한 백제의 공주를 활로 쏘자 까치는 날아가고 그 자리에 공주의 시체가 떨어졌다는 설화도 있다. 길이 험해 오직 새들만 넘나들 수 있다고 해서 까치원이라 불렸다는 이야기도 있다. 이곳 까치들에게 정확히 무슨 일이 있었는지는 모르지만, 어쩌다 마을의 주요 기관과 길에 까치가 깃들게 되었다. 상상과 사실이 만나는 지점에서 깐촌이 만들어진 셈이다.

텀블러에 담긴 커피를 위스키처럼 마시던 백이 근처 작원잔도를 다녀오자고 했다. 잔도는 가파른 벼랑에 선반처럼 낸 길을 의미한다. 이쯤 되면 쉽게 추측할 수 있을 것이다. 작원잔도는 '까치마을 벼랑길'이다. 산을 둘러가기에는 바쁜 이들이 위태롭게 질러가던 지름길이다. 이 길 역시 경부선이 생기면서 대부분 사라지고 지금은 일부만 남아 있다.

작원잔도로 가는 길은 천태산과 낙동강 사이 평탄한 나무 덱으로 되어 있었다. 자전거도로로 만들어진 길이라 드문드문 자전거 탄 이들이 지나갔다. 천태산 옆으로 철로가 놓여 있었다. 산과 철로와 강과 벼랑길과 자전거길이 사연

많은 사이처럼 나란히 뻗어 있었다. 우리도 사연 많은 여행자처럼 그 틈을 비집고 걸었다.

"저기 있다. 잔도."

백이 벼랑 어딘가를 가리켰다. 벼랑에 납작한 돌들이 선반처럼 매달려 있었다. 자전거도로나 철로에 비해 필사적이고 절박한 길이었다. 절벽까지 내몰린 오래전 누군가의 숨 가쁜 두 다리가, 가파른 삶이 보이는 듯했다. 어느 시대건 목숨보다 바쁘게 지켜야 했던 무엇이 있었다는 사실이, 그 무엇이 재촉하고 짓눌렀을 누군가의 삶이 앙상하고 서글픈 자태로 벼랑 가장자리에 매달려 있었다. 작원잔도를 지나 조금 더 걷다 보니 어느덧 밀양과 양산의 경계였다. 우린 그 경계에서 되돌아왔다.

어둑시근해진 나루터는 깐촌의 풍경과 소리를 은닉한 듯 또다시 멈춰 있었다. 정지화면 속으로 걸어 들어간 이방인들은 빈 텀블러를 들고 저물어버린 강 저편을 우두커니 바라보았다. 철커덩철커덩, 경부선 열차가 지나갔다.

숙성된 시절

덕수궁 돌담길

"오늘 점심 어때?"

"좋지!"

"그럼 1시간 뒤 덕수궁 앞에서 봐."

"신발은?"

"운동화. 걷자."

"콜."

수십 년 된 친구와는 약속을 성의 있게 잡을 필요가 없다. 그냥 만나고 싶을 때 만나면 되고, 사정이 맞지 않아 못 만나더라도 서운하거나 눈치 볼 일 없기 때문이다. 내게는 그렇게 만나는 아주 오랜 친구들이 있다.

우리 세계에서 우리는 노즈, 초단, 오소서, 감자로 불린다. 모창과 성대모사에 능하고 개그 코드가 나와 가장 잘 맞는 노즈. 강한데 여리고, 여린데 강하며 섬세한데 털털하고, 털털한데 섬세한 초단이. 강직하고 참 멋있는데 만나기가 어려워 한 번 만나준다고 하면 모두가 약속을 내팽개치고 영접하는 오소서. 그리고 까불고 보채고 놀기 좋아하는 나, 감자.

덕수궁 근처에서 점심을 먹고 싶었던 그날은 노즈와 사정이 잘 맞았다. 우린 만나자마자 시시하고 유쾌한 이야기들을 와르르 쏟아냈다. 노즈는 자신이 영화 〈기생충〉에 나오는 문광의 목소리를 완벽하게 마스터했다며 들려주었다. 나는 사자마자 폭락한 주식 이야기를 했다. 우린 인터넷에서 검색한 맛집에서 밥을 먹고, 바리스타가 정성껏 핸드드립 해주는 카페에서 예가체프를 마셨다. 그리고 덕수궁 돌담길을 천천히 걷기 시작했다.

그때만 해도 덕수궁 돌담길은 궁 한 바퀴를 온전히 다 둘러 걸을 수 없었다. 영국 대사관 소유의 땅이 있어서 일부 구간이 막혀 있었기 때문이다. 2017년에 막혀 있던 길 170미터 중 100미터 구간이 개방되어 예전에는 걷지 못했던 뒷길을 조금 더 걸을 수 있게 되었다. (지금은 전 구간이 개방되어 온전히 걸을 수 있다.)

돌담길을 지나 당시 새로 개방된 궁의 뒷길로 들어서니

돌담과 벽돌 사이로 난 아늑한 골목이 보였다. 짙은 초록색의 여름 나무들이 붉은 벽돌 위로 자라 있었고 작은 나무 의자가 몇 개 놓여 있었다. 평범하고 무탈하게 지나간 시간의 뒤편처럼 조용한 길이었다. 짧은 길을 돌아 나와 다시 돌담길과 마주쳤다. 헤어지지 않은 연인들, 화려한 한복을 입고 사진 찍기 바쁜 관광객들, 아이스크림이나 솜사탕을 손에 들고 달콤함을 즐기는 가족들이 돌담길에서 저마다의 시간을 보내고 있었다.

무수한 이들의 무수한 시간이 교차하고 엇갈리는 그 자리에 돌담이 가만히 서 있었다. 지나가는 인간의 시간을 응시하면서. 더러는 수탈자들이 함부로 훼손하던 침탈의 시간도 있었고, 굳은 표정의 경찰과 상기된 얼굴의 시위대가 대치하던 시간도 있었으며, 수십만 명의 사람들이 붉은 옷을 입고 목이 터져라 축구를 응원하던 시간도 있었을 것이다.

그중에는 우리의 시간도 있었을 것이다. 어쭙잖게 읽은 철학책으로 인생을 다 알아버린 듯 뜨겁게 논쟁을 벌이던 시간, 연인과 헤어진 친구를 달래며 쓴 술을 마시고는 무턱대고 걷던 밤의 광화문 거리, 어느 시인의 시집을 읽고 언어의 무게도 가늠하지 못한 채 터무니없는 말들로 주고받던 밀어, 얇은 코트 차림으로 온몸이 꽁꽁 얼어붙어도 낭만이라 굳게 믿고 맞은 첫눈, 그리고 이 계절들이 기시감처럼 순환하며 그려온 생. 겉에서 보면 매끈하게 이어진 선 같지만 들여다보면 얼룩과 점과 엇나간 자국 들로 비틀린 그런 생.

"그때 기억나? 별밤 공개녹화 갔을 때, 거기서 이경규 아저씨 보고 좋아서 막 따라갔잖아."

"기억나고말고. 그 뒤로 부모님한테 별밤 캠프 간다고 속이고 우리끼리 주문진 놀러갔었지."

"맞아. 그리고 신촌 카페에서 초단이가 예쁘니까 남자들이 말 걸어왔잖아."

걷는 내내 오래된 시절을 통과하는 기분이었다.

"언젠가는 지금을 잊게 될까?"

문득 아득해진 내가 물었다.

"글쎄……. 이렇게 기억하게 되려나? '그때 참 좋았던 시절이 있었지. 어딘지 모르겠는데 한참 걸으면서 그렇게 재미나게 얘기를 나눴어. 자그마한 커피숍에서 커피도 마시고, 음식점에서 밥도 사 먹고. 그게 어디였더라?' 하고."

노즈가 오지 않은 시간을 지나간 시간처럼 더듬었다.

"혹시, 이렇게 묻진 않겠지? '참 정다운 이와 함께였는데, 그게 누구였더라?'"

"어우, 야……."

우린 조금 울컥했다. 서로에게 잊히는 건 아무래도 너무 슬펐다. 우리는 멈춰 서서 돌담을 물끄러미 바라보았다. 네모반듯하게 정리된 돌들이 가지런히 쌓여 있었다. 시시한 농담과 특색 없는 식사를 한 오늘이 그냥 이렇게 저물어 다행이라는 생각이 들었다. 어쩌면 오히려 별것 아닌 날들이 가파르게 요동치는 생의 그래프를 완만하게 이어주는 것일 수도 있다. 그래서 이 평범한 날들이, 보통의 우정이, 시시한 농담들이 그토록 애틋하고 소중한 건지도 모른다.

산성의 표정

행주산성과 수변 산책로

내게 행주산성은 늘 무표정한 유적지에 불과했다. 그저 자유로에서 강변북로로 바뀌는 지점 즈음에서 이정표로 만나는 배경 같은 곳이었다. 가끔 행주산성을 찾는 이유도 그 근처에 백과 내가 좋아하는 국숫집과 산책로가 있기 때문이다.

행주산성의 이미지도 어릴 적 권율 장군 위인전에서 본 그림 한 장이 전부였다. 그림에는 결연한 표정의 병사들이 치열하게 싸우는 장면이 멀리 묘사되고, 비장한 표정의 여인들이 행주치마에 돌을 한 무더기씩 담아 옮기는 모습이 크게 클로즈업되어 있었다. 말하자면 행주치마로 돌을 나른 여인들이 주인공인 그림이었다. 이들이 돌을 날라 전투를 승리로 이끌어 '행주대첩'이라 불리게 되었다고 배우기까지 했다. 그간 행주산성과 행주대첩에 대한 나의 인식은 이 그림에서 한 걸음도 나아가지 못했다.

몇 달 전, 백과 행주산성 근처 국숫집에 들러 국수를 먹고 행주산성 역사공원을 따라 이어진 수변 산책로를 걸었다. 산책하다가 문득 '행주산성'이라는 말이 전혀 어울리지 않는 명사들의 조합이라는 생각이 들었다.

"행주랑 산성이라는 말 참 안 어울리지 않아? 행주는 너무 사소하고 산성은 너무 결연하잖아."

"행주가 그 행주인가? 행주동도 그래서 행주동인가."

"그렇지 않을까? 행주산성이 여기 있으니까."

역사에 무지한 우리는 코믹한 만담꾼처럼 실없는 대화를 이어나갔다. 그날 저녁 집에 와서 이런저런 자료를 검색하다 보니 우리가 행주산성과 행주대첩에 대해 꽤 많은 부분을 오해하고 있었다는 걸 알게 되었다.

일단 행주치마와 행주대첩은 전혀 상관이 없다는 견해가 유력했다. 행주라는 말은 고려 시대부터 사용되던 지명이었다. 행주치마에 돌을 나르며 싸워서 행주대첩이 된 것이 아니라, 행주라는 동네에 있는 산성이라 행주산성이고, 그 산성에서 벌어진 전투니까 행주대첩이라고 생각하는 편이 훨씬 더 합리적이다. 이는 나의 추론이 아니라 이미

오래전부터 여러 사학자들이 주장해온 내용이며 나 역시 그 의견에 기울었다.

또한 내 머릿속 행주대첩은 행주치마로 나른 돌을 던지고 기껏해야 화살을 쏘는 정도의 전투였다. 그런데 알고 보니 이 전투는 화차, 신기전 등 첨단무기들이 대거 등장했던 전투였고 여러 날 동안 진행된 전투가 아니라 1593년 음력 2월 12일, 단 하루 동안 벌어진 전투였다.

행주산성 역시 변변한 대접을 받지 못했던 것 같다. 오랫동안 행주산성은 토성이라고 알려졌지만 2017년 고양시에서 행주산성 종합 정비사업을 진행하며 삼국 시대에 축조된 것으로 추정되는 석성을 발견했다. 토성을 쌓기 이전에 석성의 형태로 존재했던 것이다. 사실 행주산성은 행주대첩의 그늘에 가려 이전의 역사가 크게 주목받지 못했고 지금도 그렇다. 삼국 시대부터 행주대첩 전까지 이곳에서 무슨 일이 있었는지는 알려진 바가 거의 없다.

잠시의 검색만으로도 알지 못했던 사실들이 와르르 쏟아져 나왔다. 무지에 대한 부끄러움보다 새로운 발견이 주는 흥분이 더 컸기에, 급기야 예전 사극 드라마와 다큐멘터리까지 뒤적였다.

몇 달 후, 우린 다시 행주산성을 찾았다. 남들에게 드러낼 수 없는 묘한 뿌듯함을 느끼며 산성을 둘러보고 역사공원을 산책했다. 한강변에 조성된 행주산성 역사공원은 강을 따라 한강 산책로와 길게 이어져 있었다.

그러고 보니 한강도 내게 강이었던 적이 거의 없었다. 한때 어부가 생계를 꾸리고 수많은 사람과 물건이 오가는 터전이었던 한강은, 내게 그저 자유로나 강변북로와 나란히 흐르며 가양대교와 성산대교와 한남대교 등을 가로지르는 행정구역에 불과했다. 기껏 인식을 넓혀봤자 공원이었다.

모처럼 가까이 들여다본 강에 해가 부서지고 있었다. 훅 비린내가 올라왔다. 철새들이 어디론가 날아가고 있었다. 내게 행정구역일 뿐이던 한강도 해와 바람과 새와 나무가 기거하는 하나의 세상이었다. 오래전 어느 날, 그 세상의 언저리에서 수많은 사람들이 아주 고단한 하루를 보냈을 것이다. 그리고 많은 이들에게 이 강은 살면서 본 마지막 풍경이었을 것이다.

무표정인 줄 알았던 산성에서 조금씩 표정이 보이기 시작했다. 저무는 해와 붉게 흩어진 강변과 국숫집보다도 인기 없는 유적지가 되어버린 어느 산성의 표정이.

소멸에 이르기까지

멍우리협곡에서 비둘기낭까지

"이 세상 어딘가에 죽은 사람을 살려내는 신비로운 풀이 있어."

"그게 뭔데?"

"생사초."

"생사초가 뭐야?"

나는 어린 조카 J를 앉혀놓고 얼마 전 푹 빠진 〈킹덤〉의 좀비 이야기를 들려주고 있었다. J는 연신 침을 꼴깍꼴깍 삼켰다.

"그래서 우린 그 생사초를 구하러 떠날 거야."

"정말?"

아직 산타를 믿는 J의 눈에 의심과 두려움이 서렸다.

"이 정도 장비면 살아 돌아올 수 있겠지?"

우리 대화를 듣고 있던 백이 묵직한 카메라 가방을 들어 보이며 비장하게 말했다. 난 결연한 표정으로 고개를 끄덕였다.

"이모, 나도 같이 가면 안 돼?"

"넌 아직 어려서 안 돼. 좀비들은 너처럼 어린아이들을 먼저 공격하거든. 여기서 엄마랑 아빠를 지켜줘. 우리가 생사초를 구해 올게."

J는 아쉬운 기색이 역력했지만 무서웠는지 이내 수긍했다.

백과 나는 멍우리협곡으로 향했다. 멍우리협곡에서 비둘기낭까지 이어지는 트래킹 코스를 걷기로 했다. '멍'은 온몸이 황금빛 털로 덮인 수달을 의미하고 '우리'는 '울리'의 변형인데, 지형이 한자 '을乙'처럼 휘어진다고 해서 붙여진 이름이다. 항간에는 길이 험해 넘어지면 몸에 멍이 생겨서 멍우리협곡이라 부른다는 설도 있다.

산처럼 가파른 길은 아니지만 아이와 함께 걷기엔 길고 험한 편인 길이 비둘기낭까지 이어진다. 생긴 모양이 비둘기 둥지 같아서 비둘기낭으로 불리는 이곳은, 드라마 〈킹덤〉에서 죽은 사람을 살려내는 생사초가 피는 장소로 나오면서 유명세를 타게 되었다.

멍우리협곡을 알리는 이정표에서 길을 시작했다. 따뜻한 황토색 흙길과 계단을 지나 숲으로 들어가니 좁고 긴 골짜기로 한탄강이 흐르고 있었다. 아주 오래전, 뜨거운 용암이 흐르다 차가운 공기와 물을 만나 식으면서 긴 직사각형 모양의 주상절리가 생긴 협곡이었다.

주상절리의 개념이 쉽게 이해되지 않아 안내문을 꼼꼼히 읽었다. 선캄브리아대 변성암과 중생대 쥐라기의 화강암이 지표에 드러났다가 신생대 4기에 분출한 현무암질 용암이 겹쳐져 상부를 덮었다는 설명이 있었다. 다시 해석하자면 46억 년 전, 지구가 태어났을 때부터 약 40억 년 동안 존재했던 암석과 1억 8천만 년 전 존재했던 암석을 2백만 년 전 암석이 덮으며 생긴 지형이다. 나의 언어로 번역하자면, 지구와 연배가 같은 늙은 암석과 좀 덜 늙은 암석을 까마득히 젊은 용암 암석이 덮으며 생긴 지형이라는 것이다.

이 협곡의 형성 과정을 읽은 나는 아득해졌다. 수십 억

년을 소멸하지 않고 존재하는 기암절벽 앞에 선 나는 필멸의 존재였다. 반드시 소멸하는 존재. '반드시'가 부여하는 엄격함과 '소멸'이 부여하는 허무함 사이에서 고통과 고독을 견뎌야 하는 존재. 그 허무한 고독을 견디려 사소한 모든 것에 의미를 부여하고 애처롭게 매달리는 존재. 어차피 소멸은 굳이 의미를 부여하지 않아도 반드시 찾아오기에, 존재에 수많은 의미를 부여하며 살다 보면 문득 허무함이 밀려온다. 그 허무가 나를 미미하고 하찮게 만든다.

도저히 닿을 수 없는 시간과 고작 수십 년이면 사라지는 짧은 생애의 거대한 간극 사이로 검은 한탄강이 흐르고 있었다. 수심이 깊고 유속이 빨라 강의 중간은 얼지 않은 채 내내 흘렀고 가장자리만 흰 얼음이 얼어 있었다. 강줄기를 따라 부드럽고 완만한 길과 거칠고 가파른 길이 교차로 이어졌다. 걸을 수 없는 곳은 나무 계단으로 이어져 있었다. 앙상한 겨울나무 사이로 주상절리가 펼쳐졌다. 여름에는 무성한 나무에 가려 잘 보이지 않는 풍경이다. 우린 전망대에서 준비해 온 주먹밥을 먹으며 잠시 쉬어가기로 했다.

"정말 생사초가 있다면, 다시 살아나고 싶어?"

백에게 물었다.

"다시 살아나면 뭐하지? 죽지도 못하고 평생 살아야 하는데. 너는?"

"글쎄. 영원히 존재한다 해도 고통스럽게 존재한다면 죽는 게 낫겠지. 적어도 소멸은 고통이 아니니까."

우린 자리를 털고 일어나 다시 협곡을 걸었다. 하지만 생사초 구하러 가는 길은 끊겨 있었다. 멍우리협곡에서 비둘기낭으로 가는 길을 잇는 징검다리가 지난여름 수해로 유실되었다고 했다. 아쉬웠지만 더 나아갈 수 없었다. 우린 망연자실한 표정으로 잠시 그곳에 있다가 출발지로 터덜터덜 돌아왔다.

"그냥 농협이나 가자."

시들해진 내가 말했다.

"왜?"

"시금치라도 사서 J한테 생사초 구해 왔다고 해야지."

"그러지 말고 비둘기낭까지 차로 간 다음에 거기서 길이 이어지는 곳까지 걷자."

"다시 걷자고?"

망설이는 동안 어느새 비둘기낭 폭포에 도착했다. 여름에 봤던 코발트빛 물은 없었지만 낮결이 시작된 들판이 부드럽게 출렁였다.

그곳에서 다시 길을 시작하기로 했다. 다리는 사라졌어도 길은 사라지지 않았기에. 걸을 수 있는 길이 아직 남았기에. 미미하고 고독한 우리는 그렇게라도 걷고 걸어서 이 생의 사소한 순간들을 디디며 살아야 하기에.

침묵의 호수

파로호 인공습지

우연히 〈봉쇄수도원 카르투시오〉라는 다큐멘터리를 보게 되었다. 평생 침묵과 고독 속에 기거하는 수도사들의 삶은 맑고 고아했다. 불필요한 것들을 걷어내고 생의 단단한 뼈대만 추려가는 수도사들의 삶에 비해 내 삶은 여분과 과잉으로 가득했다. 그 여분과 과잉을 걷어내면 아무것도 남을 것 같지 않았다. 나는 수도자들의 낡은 옷, 검박한 음식, 희미하지만 확실한 미소, 미사를 알리는 종소리, 낡은 책상 위 소박한 시계, 종이에 볼펜으로 그린 십자가 하나하나에 매료되었고 그들의 삶을 한구석이라도 닮고 싶다는 열망에 사로잡혔다.

바로 다음 날 아침, 나는 작업실에 출근하자마자 한 수도사의 책상에 있던 작은 탁상시계를 검색했다. 그 시계만 있으면 나도 침묵과 고독 속에, 유구한 찰나에 기거할 수 있을 것 같았다. 내 삶을 절제하고 정돈할 수 있을 것 같았다.

몇 시간의 검색 끝에 비슷한 시계를 찾아 주문했고 바로 다음 날 배송이 됐다. 그러나 택배 상자를 열어 시계를 꺼낸 순간, 그토록 간절했던 열망은 덤덤히 식어버렸다. 나는 수도사의 시계와 똑같은 시계를 손에 쥐고도 고독과 침묵을 얻지 못했다. 침묵과 고독은커녕 저렴한 플라스틱으로 된 또 하나의 무의미한 과잉이 내 삶에 얹어졌다.

사실 시계를 주문할 때부터 예상했다. 조잡한 플라스틱 시계가 내 삶을 정갈하게 해줄 리 없다는 사실을. 단정한 삶이란 무엇을 더해서 생기는 게 아니라 없애야 생긴다는 사실을. 하지만 그것 하나만 있으면 단단한 경지에 도달할 수 있을지도 모른다는 얄팍한 열망은 떨치기 어려웠다. 반드시 있어야 하는 것은 아니지만, 반드시 갖고 싶은 그 무엇이 내 삶의 피로한 잉여로 남아 떠돌고 있었다.

파로호 인공습지에 도착했을 때, 그곳에 반드시 있어야 할 것이 없었다. 호수가 없었다. 고요한 물과 그 위를 부드럽게 뒤척이는 햇살, 바람 자국이 난 물결을 실컷 상상하며 양구까지 왔는데 호수에는 마른 바닥만 휑하니 펼쳐져 있었다.

"왜 호수가 없지?"

당황한 나는 마른 흙바닥을 두리번거렸다.

"그러게. 겨울 가뭄인가? 일단 좀 가보자."

백이 카메라를 들고 호숫가 덱을 걸어나갔다. 나도 주춤주춤 따라 걸었다. 주위를 둘러보아도 호수에 물은 없었다. 물 없는 습지는 고요했다. 물이 있어야 할 자리엔 겨울 갈대만 바스락거렸다. 한참 걷다 보니 바닥에 포클레인과 공사 장비들이 보였다. 물을 모두 빼고 호수 방벽 공사를 하는 듯 보였다. 마른 호수에서는 무엇을 봐야 하는지, 어떻게 걸어야 하는지 가늠이 되지 않았다. 호수에 왔는데 호수가 없으니 그냥 돌아가야 하나? 인공습지 산책은 실패한 건가?

"이제 어쩌지?"

파로호는 양구와 화천에 걸쳐 있는 거대한 인공 호수다. 무단 경작과 쓰레기 투기로 생태계 파괴가 심각했던 곳에 저류조를 설치해 수면 공간을 확보하고 습지를 조성한 국내 최초의 인공습지다.

풍광도 아름답고 수변 산책로도 걷기 좋아 첫날 오후 산책 일정을 세웠었다. 해 저물 무렵 호숫가에서 산책하며 일정을 마무리하고 싶었다. 하지만 호수 없는 호수는 낯설고 앙상했다. 모든 풍경이 수척하고 건조했다. 산책 내내 시큰둥했고 저녁 시간은 애매해졌다. 결국 우린 적당히 걷다가 근처 식당에서 식사를 하고 일찌감치 숙소로 돌아와 평소보다 빠르게 하루를 마감했다.

다음 날 새벽, 백이 나를 깨웠다.

"일어나 봐. 아침 안개가 근사해."

숙소 창문을 열어보니 양구의 아침에 흰 서리가 내려 있었다.

"지금, 파로호에 가면 근사할 것 같아."
백이 카메라를 챙기며 말했다.
"호수도 없는데?"

"응. 그래서 근사할 것 같아. 아침의 빈 호수 풍경은 한 번도 본 적 없잖아. 나중에 물이 채워지면 못 볼 풍경이기도 하고. 졸리면 더 자. 나 혼자 다녀와도 괜찮아."

말은 그렇게 하면서도 백은 침대에 내 옷가지를 수북이 쌓았다. 잠시 망설이던 나는 결국 주섬주섬 옷을 챙겨입고 백을 따라 나섰다.

이른 새벽, 물 없는 호수에 안개가 뿌옇게 흩어져 있었고 마른 갈대에 흰 서리가 내려앉아 있었다. 안개와 서리는 언뜻 물결처럼 보였다. 습지에는 아무도 없었다. 차갑고 맑은 새벽은 오롯이 우리 것이었다. 호수를 가로질러 길게 이어진 나무 덱을 걸었다. 걸을 때마다 어슴푸레한 풍경이 조금씩 선명하게 다가왔고 뒤를 돌아보면 다시 희미해져 있었다. 백은 어느새 꽤 먼 곳에서 그의 눈에만 보이는 풍경을 찍고 있었다.

그런데 호수의 물은 다 어디로 간 걸까? 문득 물의 거처가 궁금해진 나는 사진을 찍느라 정신없이 몰두하고 있던 백의 어깨를 톡톡 쳤다.

"이 호수에 있던 물은 어디로 갔을까?"

"응."

백은 내 질문에 맞지 않는 대답을 했다. 그는 그의 세계에 있었다. 자신의 세계를 방해하는 내 질문에 귀찮은 티를 내기엔 마음이 약하고, 선뜻 그 세계에서 나와 성실히 대답을 해주기엔 너무 푹 빠져버린 백이 택한 엉거주춤한 방식이었다.

난 다시 혼자 걸으며 생각했다.

'이곳에서 빠져나간 물은 어디론가 스미고 흐르고 증발했겠지. 나무의 뿌리로, 강으로, 바다로, 구름으로, 안개로. 지금 이 호수에 없어도 행성 어딘가를 흐르겠지. 지금 이 안개에는 한때 파로호였던 물의 입자도 있겠지. 내 입김에도, 마른 갈대에 내려앉은 서리에도 파로호의 물이 있겠지. 그렇게 파로호는 유구히 이 행성을 맴돌겠지.'

카르투시오 수도원의 흰 시계가 떠올랐다. 쓸모 이외의 여분은 없던 그 시계가 내 세계로 들어와 동그마니 놓였다. 늙은 수도자의 깊고 고독한 침묵이 내 옆에 나란히 섰다. 나는 나와 같은 시계를 가진 침묵의 수도자에게 물었다. 사라지지 않는, 유구히 내 안을 맴도는 욕망을 통하면 나의 시계도 당신의 시계가 될 수 있는 거냐고. 물이 호수가 아니더라도 안개로, 구름으로, 바다로 영원히 맴돌듯이 내 욕망도 다른 형태로 순환할 수 있는 거냐고. 침묵이 대답했다.

'응.'

그것이 나의 대답인지, 침묵의 세계에 빠져 있던 늙은 구도자의 대답인지는 알 수 없었다.

순간을 기억하는 법

충청수영성

비가 그쳤다. 태양은 잘못을 비는 사람처럼 빛을 쏟아내기 시작했다. 항구와 바다와 배가, 젖은 땅과 나무가, 커다란 정자의 우아한 처마가 반짝이기 시작했다.

나는 정자 마루에 앉아 정신없이 글을 쓰고 있었다. 한번 달아나면 마음이 차가워진 애인처럼 영원히 돌아오지 않는 언어들의 발목을 붙잡고 필사적으로 매달리는 중이었다. 충청수영성에서 내가 열심히 쓰던 글은 우습게도 수영성이 아니라 전혀 다른 지역 에세이였다. 매달 기고하는 에세이의 마감이 코앞이었기 때문이다.

이렇게 촉박할 때는 작고 사소한 언어라도 조금의 기미만 있으면 허둥지둥 붙잡고 매달리게 된다. 너무 서둘렀던 탓인지, 그 지역에 대한 생각들이 덜 숙성된 탓인지 문장은 제자리만 맴돌거나 좀처럼 마침표를 찾지 못한 채 아무 곳으로나 질주했다. 결국 노트북을 덮고 정자에서 나와 저 멀리 항구를 찍고 있는 백에게로 갔다.

푸른 둔덕과 고통스러워 보일 정도로 몸을 비틀며 뻗은 나뭇가지가 회색과 푸른색이 뒤엉킨 하늘에 맞닿아 있었다. 방금까지 내렸던 비가 증발하면서 땅에서 짙은 풀과 흙의 냄새가 올라왔다.

"마감은 다 했어?"

백이 카메라 렌즈에서 눈을 떼지 않은 채 물었다. '마감'이라는 단어에 괜히 뜨끔한 나는 이런저런 허황된 말들을 늘어놓았다.

"아니, 아직. 이게 원래 좀 그래. 글이라는 게 덜 익을 때가 있거든. 와인으로 치면 아직 덜 열린 거지. 좀 걷고 나면 열리겠지."

마치 나 자신이 엄청난 고뇌에 휩싸인 거장이라도 된 듯 거들먹거리다 보니 좀 머쓱해졌다. 백은 공감도 부인도 아닌 심드렁한 표정으로 잠시 나를 보더니 이내 다시 사진 작업에 몰두했다.

"조선 시대 묵객들이 저 정자에서 그렇게 시를 많이 썼대. 정약용도 이항복도 저 정자를 그렇게 칭찬했다던데, 난 왜 저곳에서 짧은 글 한 편도 못 쓰는 걸까?"

갑자기 강렬해진 햇살 때문인지, 기분 때문인지 나는 눈을 잔뜩 찌푸리며 백에게 말했다.

"그 시인들은 수영성에서 수영성 시를 썼겠지. 지금 너처럼 충청도에서 전라도 글을 쓴 게 아니라."

내 푸념에 백이 조금은 어이없다는 듯 대꾸했다.

"그건 성격이 다르거든! 그 순간의 감정을 기록하는 글도 있지만, 경험을 묵혀놨다가 아주 푹 익었을 때 써야 하는 것도 있거든!"

욱한 마음에 반박하고 나니 초조함과 억울함이 동시에 밀려왔다. 이제 한마디만 더 나오면 손쉽게 화가 더해질 판이었다. 분위기를 간파한 백이 얼른 말을 돌렸다.

"건너편 객사로 가자. 저쪽에도 구름이 걸히고 있네."

쉽게 주의가 환기되는 나를 너무도 잘 아는 백이 과장된 손짓으로 하늘을 가리켰다. 정말 하늘이 개고 있었다. 하늘은 개는 동시에 저물기까지 하느라 복잡한 질감과 색으로 시시각각 변하고 있었다. 장교청 객사를 둘러보고 둔덕을 따라 난 길을 걸었다. 잠시 하늘에 마음을 뺏기긴 했지만 머릿속은 여전히 전라도 어느 지역의 꽃 이야기를 헤집고 있었다. 타고난 천재도, 엄청나게 성실한 작가도 아닌 내 머릿속에서 언어들은 너무도 가볍고 쉽게 부유하다 사라졌다.

"해가 한 뼘밖에 남지 않았네. 이제 날이 저물려나 봐."

무너진 성곽 사이로 마을을 내려다보던 백이 말했다. 글을 마무리하지 못한 나는 해를 보는 둥 마는 둥 하며 계속 걸었다.

"수영성 이야기도 글로 쓸 거야?"

백이 물었다.

"써야지. 몇 번을 왔는데."

"그럼, 다른 생각 그만하고 처음부터 다시 걷자. 지금 이렇게 멋지게 해가 저무는데, 지금 이 순간을 보지 못하면 다음에 이곳을 떠올렸을 때 아무것도 떠오르지 않을 거야."

이번에도 나는 쉽게 설득되었다. 열리지 않은 언어들은 다시 닫아두었다. 그 언어들이 풍미 좋은 와인이 될지 썩을지는 모르지만 지금은 한 뼘 남은 해를 누리는 편이 훨씬 나을 것 같았다.

객사에서 내려온 우리는 동백꽃 나무가 얌전히 기다리는 수영성 정문부터 다시 길을 나섰다. 마치 수영성에 처음 온 사람들처럼 천천히 성곽을 걷기 시작했다. 내가 앉아 글을 쓰던 정자의 이름은 영보정이었다. 수영성이 폐영된 뒤 복원된 것이긴 하지만 크고 아름다운 정자가 항구를 내려다보고 있었다. 항구의 이름은 오천항이었다. 몸을 비틀며 자라던 나무의 이름은 배롱나무였다.

성곽길은 U자 모양으로 부드럽게 굽은 포구의 모양을 따라 완만하게 구부러져 있었다. 1896년에 폐영되면서 여러 건축물과 구조물은 사라졌지만 수영성 특유의 지형은 잘 보존되어 있었다. 서벽은 바다와 면한 곳에 쌓아 포구와 바다가 한눈에 내려다보였고, 북벽과 남벽은 산등성이를 따라 쌓아 올려 온 마을이 구석구석 보였다. 공격해올 적도, 기민하게 살펴야 할 수상한 동태도 없는 시절이지만 수영성은 가장 높은 곳에서 가장 먼 곳을 굽어보고 있었다.

흐렸다, 맑았다, 밝았다, 컴컴했다 반복하며 변덕을 부리던 하늘도 순순히 붉은 빛으로, 다시 보랏빛으로, 마침내 먹빛으로 가라앉았다.

몇 달 뒤, 컴퓨터를 켜고 수영성 파일을 열자 그날이 영화의 한 장면처럼 선명하게 그려졌다. 연두색의 부드럽고 얕은 둔덕, 둔덕을 둘러싼 성곽길, 성곽길 너머 포구와 바다의 냄새, 나무와 풀이 풍기던 짙은 봄기운, 작고 앙상했던 객사, 삐걱대던 나무 계단과 허물어진 성벽. 이 모든 풍경 위로 거짓말처럼 쏟아지던 햇빛. 그 아래를 조금은 초조하게 걷던 나와 그 뒤에서 수백 번, 수천 번 셔터를 누르던 백. 이름을 기억하지 않았다면 무명의 정자와 항구와 나무로 잊혔을 영보정과 오천항과 배롱나무가 모니터 화면에서 충청수영성으로 시작하는 글의 커서처럼 깜박이고 있었다.

적당한 거리

낙
산
공
원

저녁이 묽은 잉크처럼 내려앉았다. 높은 성곽에서 바라본 서울은 조금씩 어두워졌다. 들쑥날쑥 허공에 파고든 고층 건물과 납작하게 엎드린 낮은 건물들 위로, 부서지고 낡은 세상의 귀퉁이와 반지르르한 유리창 너머로 어둠이 조금씩 번졌다. 백과 나는 낙산공원을 걷는 중이었다. 가로등이 하나둘 켜지기 시작했다. 낙산정 너머로 짙은 회색 구름이 겹겹이 드리워 달이 보이지 않았다.

"저……. 미안한데……."

백이 머뭇거리며 입을 열었다.

저 '미안한데' 뒤에 나올 말을 이미 알고 있다. 산책보다 촬영을 하고 싶을 때 나오는 말이다. 특히 그 산책이 얼마 전 출판사와 맺은 새 계약을 기념하기 위한, 특별한 날의 산책일 때 나오는 말이다.

"그려. 먼저 가. 아주 날도 을씨년스럽고 컴컴한 게 혼자 걷기 좋네. 어라, 비까지 내리겠는데? 이런 날은 청승맞게 혼자 걷다 넘어지고 비도 맞고 그러는 거지 뭐. 얼른 가!"

난 너스레를 떨며 먼저 가라고 손짓했다. 백은 싱긋 웃으며 삼각대와 카메라를 단단히 메고 달려갔다. 어둑시근한 성곽 너머로 백이 멀어졌다. 백과 나 사이에 가로등이 탁, 하고 켜졌다.

나는 백과 다르다. 내가 사랑하는 다른 사람들도 나와 다르다. 그들도 나와 다르다 생각할 것이다. 물론 사랑하는 사람들과 함께할 수 있는 공간을 발견하면 뛸 듯이 기쁘고, 그 공간을 무럭무럭 키우며 행복할 때도 있다. 그러나 대체로 그 공통의 영역보다는 나의 영역에 거주할 때가 많다. 그리고 누구나 자신만의 영역에서 적당히 고독하게 생을 보낸다고 생각한다.

내가 좋아하는 건 나의 영역과 타인의 영역 사이에 존재하는 그 '거리'다. 교집합 바깥에 있는 영역에서 타인의 영역을 지켜보거나 나의 영역을 존중받으며 느끼는 그 외로운 쾌적함을 사랑한다. 백과 잘 맞는 이유도 그 거리를 서로 소중히 지켜주기 때문이다. 심지어 나에게 유전자를 물려준 엄마와도 그 거리는 있다.

엄마와 나도 무척 다르다. 엄마는 늘 미래의 일을 계획하고 준비한다. 가까운 곳에 외출할 때도 엄마의 가방에는 목이 마를 때, 기침이 날 때, 손이 더러워졌을 때, 옷이 뜯어졌을 때, 사소하게 다쳤을 때를 대비한 조그만 소품과 간식 들이 가지런히 들어 있다. 나는 일단 몸부터 후다닥 나갔다가 쿵쿵거리며 들어와 휴대폰을 챙기고, 다시 나갔다가 다시 쿵쿵 들어와 지갑을 챙기는 스타일이다.

그런 엄마와 나는 무척 친하다. 자주 만나 밥을 먹고 커피를 마시고 수다를 떤다. 그 모든 순간이 편안하고 아늑한 이유는 우리 사이에 있는 적당한 거리 때문이다. 나는 걱정 많고 지나치게 꼼꼼한 엄마에게 이러쿵저러쿵 설교하지 않는다. 엄마는 즉흥적이고 느긋한 나를 닦달하지 않는다. 엄마가 불안에 뒤척이며 잠들지 못하면 나는 불면에 좋다는 아로마 오일이며 영양제를 사다 주고, 내가 조급한 마음에 일을 그르치고 실수하면 엄마는 내가 좋아하는 과일을 사

들고 와서 함께 먹어준다. 우린 숨소리만 들어도 상대가 깊은 고민에 빠졌다는 걸 누구보다 빨리 눈치채지만 고민이 뭐냐고, 어떻게 해결할 거냐고 채근하지 않는다.

가끔 거리가 없어야 하는 순간들도 있다. 그럴 때는 오랜 세월 천천히 관찰해왔기에, 그 순간 상대에게 필요한 게 뭔지 누구보다도 잘 알기에 성큼성큼 상대의 공간으로 들어가 필요한 도움을 준다. 물론 이 거리감은 언제든 닿을 수 있다는 물리적 거리의 도움과, 전화를 걸어 "엄마……." 하고 입만 열어도 순식간에 고민을 해결하는 물렁함을 통해 형성하는 것이다. 내게 사람과의 거리는 멀어지기 위해서가 아니라 가까워지기 위해서 존재한다.

성곽에 조명이 켜졌다. 구불구불한 성곽을 따라 난 길의 윤곽이 밝아졌다. 1전망 광장부터 3전망 광장까지 다 걷도록 백은 오지 않았다. 성곽 암문으로 나가 골목길이나 좀 걸어볼까, 아니면 아예 이화마을이나 흥인지문까지 걸어볼까 생각했지만 지독한 길치인 내가 밤에 길을 잃지 않을 자신이 없었다. 남산과 북한산 야경도 슬슬 지겨워졌다.

급기야 무료함을 이기지 못하고 성곽에 비스듬히 기대

셀카를 시도했다. 조금 뻘쭘했다. 사람들이 '저 여자는 남편이 버려두고 가서 저렇게 혼자 사진을 찍는구나.' 하고 생각할 리 없다는 걸 잘 알지만 그래도 좀 민망했다. 슬쩍 둘러보니 사람들은 나와 아주 먼 거리를 유지하고 있었다. 그 거리감에 안심한 나는 용기를 내 사진을 찍었다. 어색하고 이상하게 웃는 내 얼굴 뒤로 반짝이는 도시의 불빛이 보였다.

어느새 저 멀리 아파트와 건물 들이 반짝이고 있었다. 허름하고, 얼룩덜룩하고, 부서지고, 낡은 세상의 귀퉁이도 모두 별처럼 반짝였다. 어둠은 밝아진 불빛의 크기만큼 선선히 물러났다. 빛은 빛이 필요한 곳에 닿았고 어둠은 어둠이 필요한 곳에 안착했다. 짙은 구름에 달이 가렸지만 달은 그 자리에 있었다.

저 멀리서 백이 달려오고 있었다.

틈의 숨결

강진만 생태공원

가끔 잠이 오지 않는 밤에는 마음속으로 길을 걷는다. 양을 세듯, 숫자를 세듯 길을 걷는다. 그 길은 소리로 시작된다. 바람이 지나가는 소리, 풀벌레 우는 소리, 비가 땅에 스미는 소리, 풀잎이 흔들리는 소리, 강이 흐르는 소리, 바다가 밀려오는 소리…….

그렇게 한참 걷다 보면 소리들이 천천히 사라지고 오직 저벅하는 내 걸음 소리만 남는다. 그 걸음 뒤로 숨이 들어간다. 하나, 둘, 셋, 넷 박자에 맞추어 천천히 들숨이 들어간다. 하나, 둘에 숨이 멈춘다. 셋, 넷에 몸을 순환한 숨이 천천히 빠져나온다. 길은 그렇게 걸음 소리와 숨으로 이어진다. 이따금 자질구레한 기억과 느낌이 규칙을 무시하고 아무렇게나 제멋대로 헤집고 다니다가 슬그머니 흐릿해진다.

걸음과 숨은 계속된다. 또 한참 걷다 보면 길이 살바도르 달리의 시계처럼 구부러진다. 풀지 못한 시험문제로, 모르는 사람의 목소리로, 예능프로의 벌칙으로, 사랑하는 이들의 얼굴로 비틀리고 흔들린다. 그렇게 숨은 잠으로 걸어 들어간다.

강진만 생태공원은 내 불면의 밤길과 닮아 있었다. 탐진강과 강진만이 만나는 하구, 그곳에 커다란 갈대 군락지가 있고 무성한 갈대 사이로 긴 나무 덱이 가로지르고 있다. 백과 나는 지평선이 드러난 거대한 갈대 평원을 보고 바로 차를 세웠다. 그 길은 어딘지 모르게 낯익었다.

"나, 여기 와본 것 같아."

나는 기억을 뒤적이며 말했다.

"여기는 오늘 처음 왔잖아."

백이 어림도 없다는 듯 대꾸했다.

"아, 꿈속에서 걷던 길하고 비슷하네. 가끔 잠 안 올 때 심호흡하며 걷는 길."

구름은 많았지만 한낮의 햇빛을 흠뻑 마신 습지는 뜨거워 보였다. 일단 차에서 내렸다. 초여름의 갈대에는 어리고 푸른 물기가 올라와 있었다. 습지 가까이 갈수록 옅은 열기가 느껴졌다.

"분위기만 한번 보자. 지평선이잖아. 도시에서 지평선 볼 일이 어디 흔한가. 정 더우면 이따 해 질 때 걷고. 어때?"

형식적인 질문이었다. 나는 의견을 묻는 사람치고는 지나치게 단호하게 걷고 있었다.

"분위기는 무슨. 걸으면 걷는 거지."

백은 어느새 카메라 장비까지 챙겨 뚜벅뚜벅 걸어나갔다.

갈대숲이 끝도 없이 이어지고, 길 아래 갯벌에는 매끈한 몸의 짱뚱어들이 싱그럽게 팔딱였다. 그 사이로 작은 게들이 민첩하게 기어 다녔다. 가까이서 들여다본 갯벌은 경이로울 정도로 활기차고 생생했다. 드문드문 개풀 무더기가 바다 물결 모양으로 이리저리 누워 있었고 이따금 새들이 날았다. 구름과 더위가 자욱하게 포위한, 거대한 생태습지 한복판에 하얀 고니 조형물 한 쌍이 서로를 애틋하게 마주 보고 있었다.

이곳은 수달, 큰고니, 큰기러기부터 이름도 낯선 노랑부리저어새, 삵, 대추귀고둥, 꺽저기, 기수갈고둥, 붉은발말똥게, 알락꼬리마도요 들의 세상이었다. 더러는 지구에서 사라져가는 종이었다. 바다와 강이 만나 생긴 하구에는 낯설고 희귀한 것들과 흔하고 익숙한 것들이 무리 없이 어우러져 생존하고 있었다. 인간은 그 습지에 어우러지지 못하고 오직 인공 조성된 길 위로만 다녀야 했다. 그것이 합당한, 아니 어쩌면 과분한 대우일지도 모른다는 생각이 들었다. 우리는 이 생태계에서 가장 불쾌하고 위협적인 침입자이므로.

이따금 습지의 향이 훅 올라왔다. 팔딱이고 흔들리고 푸드덕거리는 생명들이 뿜어낸 숨이 내 숨과 섞여 가슴 어딘가에 편안히 안착했다. 한참 걷다 보니 백의 티셔츠가 땀으로 젖어 있었다. 내 등도 땀이 흥건했다. 그래도 걸음은 멈추지 않았다. 멈출 만하면 바람이 불고, 멈출 만하면 구름이 일렁이고, 멈출 만하면 탁 트인 들판 너머 지평선이 가슴 어딘가에 기다란 선을 그었다.

긴 선은 틈이 되었고, 그 틈으로 눅진하게 엉겨 붙은 일상의 고단함이 빠져나왔다. 몸의 고단함을 바쳐서라도 털어내고 싶은 마음의 고단함이었다. 할 수만 있다면 그 틈을 유구히 열어두고 싶었다. 하지만 그 틈은 오직 어떤 순간, 어떤 장소에서만 비밀의 문처럼 잠깐 열린다. 그 순간이 언제일지, 그곳이 어디일지는 모른다. 가혹하게 추운 겨울일 수도 있고 걷기 괴로운 돌밭일 수도 있다. 그 틈은 내가 열지 못한다. 그저 어떤 순간, 어떤 장소에서 스윽 선이 그어지고 순순한 틈이 벌어진다. 그 틈으로 무엇이 빠져나갈지, 무엇이 들어올지도 알지 못한다. 다만 그 순간의 느낌, 오랫동안 내쉬지 않았던 묵은 숨이 빠져나가는 느낌만은 선명하다.

길은 끝도 없이 이어졌다. 어느 쪽으로 걸어도 갈대 흔들리는 소리가 가슴을 시원하게 쓸었고, 어느 곳을 보아도 지평선이 아득하게 펼쳐졌다. 한참을 걷다 문득 우리가 너무 많이 걸어왔음을 깨닫는다. 돌아가려니 달아오른 길이 까마득하다. 바닥을 보니 매끈매끈한 짱뚱어들이 뻘을 헤집으며 팔딱인다.

물끄러미 바라보다 기우뚱하면서 몸이 진흙탕에 빠진다. 온몸이 진흙 범벅이 되는가 싶더니 진흙이 달리의 시계처럼 구부러진다. 버둥대는 사이 저 멀리서 애틋한 고니 한 쌍이 우리를 보며 손을 흔든다. 자세히 보니 고니가 아니라 지금보다 훨씬 젊은 얼굴을 한 친구들의 얼굴이다. 진흙탕에서 나와 달려가려고 하는데 길이 휘우듬하게 구부러진다. 그들에게 닿지 않는다.

하나, 둘, 셋, 넷. 닿지 않는 길 뒤로 느린 숨이 따라온다.

순순한 붕괴

산수유마을

내게 산수유는 서늘하고 붉은 이미지였다. 고등학교 시절, 국어 교과서에서 배운 김종길의 시 〈성탄제〉에 나오는 '애처로이 잦아드는 어린 목숨'을 위해 젊은 아버지가 '서느런 옷자락'과 함께 가지고 온 '붉은 산수유 열매'가 머릿속에 각인되었기 때문이다. 시에서 만난 산수유의 촉감과 색은 선명했다.

그래서인지 해마다 봄이면 만나는 노란 산수유꽃에 늘 심드렁했다. 팝콘 부스러기처럼 가벼워 보이는 산수유꽃에서 혈액처럼 붉은 열매가 맺힌다는 사실도 잘 와닿지 않았다. 인생의 어떤 부분은 이렇게 별다른 이유 없이 우스울 정도로 단단하게 굳어지곤 한다. 이 터무니없는 완고함은 견고하고 드세 보이지만 사실 속은 비어 있어서 조금만 덜컹거리거나 균열이 생겨도 맥없이 무너진다. 애달프지도 아쉽지도 않은 붕괴다.

살면서 이런 붕괴는 무수히 겪는다. 자잘한 고집이나 관념으로 작은 성을 쌓다 더 나은 경험을 만나 설득당하면, 성은 겸연쩍게 스르륵 무너지기 때문이다. 나이를 먹는다는 건 어쩌면 내 세계의 자잘한 붕괴를 순순히 받아들인다는 의미인지도 모른다.

백과 구례를 찾았다. 남쪽 지방은 물렁거리는 겨울 사이로 수천 개의 얼굴을 한 봄이 촘촘히 번지고 있었다. 순해진 바람 사이로, 따뜻하고 비릿하게 녹은 흙 틈으로, 물기가 도는 풀잎 끝으로, 나뭇가지에 맺힌 보송한 새순 위로 봄이 얼굴을 내밀고 있었다.

그리고 산수유가 말갛고 가벼운 얼굴로 흐드러져 있었다. 해마다 봄꽃 소식이 전해지면 떠들썩하게 밀려오던 관광버스들이 올해는 한 대도 없었다. 마치 봄소식을 전하는 편지를 받지 못한 듯 전국이 잠자코 있었고, 수취인 불명의 봄만 저 혼자 떠돌고 있었다. 우리도 일이 아니었다면 찾지 않았을 구례의 봄이었다.

코로나가 끝나면 보자며 계절을, 생일을, 결혼을, 연말을, 새해를 마스크 뒤에서 보내서였을까? 노랗게 부유하는 봄 부스러기 같은 산수유를 물끄러미 바라보는데 가슴이

저릿했다. 세상 어딘가에 이렇게 작고 정교한 세계가 활짝 펼쳐져 있다는 게, 그 세계들이 봄마다 약속처럼 찾아와 눈부시게 흔들린다는 게 뭉클했다. 늘 그렇듯 이번에도 관념으로만 쌓은 내 완고함은 경험 앞에서 쉽게 붕괴되었다. 머쓱해진 나는 노란 산수유를 내 세계에 선선히 맞이했다.

산수유에 홀린 것은 나만이 아니었다. 백은 아예 차창 밖으로 카메라를 내놓고 사진을 찍느라 정신이 없었다. 결국 원래 목적지에서 방향을 틀어 상위마을 주차장에 차를 세웠다. 잠시 홀린 채 걷고 싶었다. 산수유 길은 위쪽 상위마을에서 아래쪽 하위마을로 이어져 있었다. 어느 집 마당 빨랫줄에 걸린 요란한 꽃무늬 몸빼 바지 너머로, 이끼가 두텁게 내려앉은 돌담 근처로, 유쾌하고 씩씩하게 고로쇠 수액을 파는 상인의 목소리 사이로, 언덕을 오르는 노인의 구부러진 허리 위로 노란 꽃이 물들고 있었다. 더듬이처럼 섬세한 수술을 단 산수유 꽃잎이 바깥세상을 향해 활짝 벌어져 있었다.

"꽃이라는 건 정말 피는 거구나."

"그럼. 꽃들이 봉오리를 젖히고 스스로 피어나는 거지."

부실한 세계에 또 하나의 관념어로만 저장되어 있던 '피다'가 실체적 경험으로 다시 저장되었다. 백의 카메라에도 길과 나무와 마을이 저장되고 있었다. 저 많은 이미지 중에 그의 염원과 딱 맞아떨어지는 이미지는 한두 장뿐일 것이다. 어쩌면 한 장도 없을지 모른다. 염원을 충족하지 못한 이미지들은 인화되지 못한 채 F드라이브나 G드라이브에 하염없이 저장되어 있다가, 마음먹고 컴퓨터를 정리하는 날에 낱낱의 데이터로 붕괴될 것이다. 아쉬울 것도, 애달플 것도 없이.

하위마을을 벗어나 현천마을에서도 산수유를 만났다. 새벽에 구례에 도착한 터라 세 번째 마을에 도착했을 때도 여전히 오전이었다. 바위에 앉아 개울물에 부서지는 햇빛과 돌담의 이끼를 한참 바라보고, 글을 끄적이고, 아침 식사를 하고 나니 그제야 열었던 아침이 조금씩 낮으로 여물었다.

아침 물기를 털어낸 낮의 꽃들은 더 진하고 견고했다. 산책로를 따라 얕은 언덕을 오르내리며 마을 구석구석을 걸었다. 산수유 너머 연한 연둣빛으로 물들어가는 나무와 풀이 흔들렸다. 마을은 이제 필 일만 남은 계절로 꽉 차 있었다.

지구 어디에선가 발신된 계절은 마스크 뒤로 숨어버린 수취인들에 아랑곳하지 않고 제 소식을 뿌렸다. 이 바이러스로 뒤덮인 시절이 어서 붕괴되기를, 노란 꽃이 지고 붉은 열매가 맺힐 즈음에는 그 계절의 수다를 떠들썩하게 받아볼 수 있기를, 유약하고 비좁은 내 세계가 그때에도 무탈하고 순순하게 허물어지기를 바라며 마을을 벗어났다. 노란 산수유가 약속처럼 흔들렸다.

낯선 이들의 익숙한 표정

박수근 미술관

강원도 양구군 양구읍 박수근로 265-15. 이름마저 박수근로인 양구의 작은 마을은 박수근 화가의 그림 속에 밀봉된 세계처럼 정적이고 단아하다. 마을 곳곳에 소, 농악대, 기름 장수, 시장 사람들, 곰방대를 문 노인, 아이를 업은 소녀, 잎사귀 없는 나무 등이 그림 혹은 조각으로 새겨져 있다. 아파트 담벼락에도, 식당의 냅킨 홀더에도, 가로등에도 박수근의 그림이 존재한다.

버스가 지나다니고, 자전거와 오토바이가 분주히 스쳐가고, 산책 나온 강아지와 운동 나온 사람들이 부지런히 걷는 풍경 사이로 그림 속 소녀와 노인과 사람들은 다른 세상, 다른 시간을 우두커니 응시한다. 양구 특유의 맑고 새파란 겨울 하늘은 회갈색과 흰색, 검은색으로 흐릿하게 그려진 박수근의 그림과 묘한 괴리가 있었고 그 괴리감은 이상하리만치 편안한 풍광을 자아냈다.

우리는 요기도 하고 시내도 둘러볼 겸 시장으로 향했다.

시장에도 빨래터에 앉아 빨래를 하고, 아이를 업은 채 누군가를 기다리고, 느긋하게 곰방대를 물고 앉은 그림 속 사람들이 카페와 편의점이 있는 다른 세상을 물끄러미 바라보고 있었다. 마치 우리가 실수로 발을 잘못 디뎌 그의 그림 속으로 들어온 듯한 기분이었다. 박수근의 그림은 갤러리의 액자 속에서가 아니라 낡은 담벼락으로, 펄럭이는 현수막으로 우리에게 먼저 다가왔다.

미술관 여행을 함께한 조카 J는 마을 초입에서부터 담벼락에 새겨진 박수근 화백의 조각을 흉내 내며 즐거워했다. 미술관에 들어서자 탁 트인 정원과 작품들, 비현실적으로 푸른 하늘과 앙상한 겨울나무들이 정말 그림처럼 펼쳐졌다. J는 작품들에서 눈을 떼지 못했다.

"이 나무는 그림에 있는 나무랑 똑같이 생겼어."

J가 굵고 울퉁불퉁한 겨울나무 한 그루를 가리키며 말했다.

"그러게. 비슷하게 생겨서 여기에 심어두었나 보다."

어쩜 저렇게 비슷한 나무를 구했을까 싶어서 가까이 가 보니, 진짜 나무가 아니라 박수근의 그림에 자주 나오는 앙상한 겨울나무를 모티브로 만든 조각이었다. 화백의 초상화부터 그림 속 풍경이나 인물을 조각한 작품이 적절히 배치된 아름답고 조용한 정원이었다. 백과 J는 정원 구석구석의 바위와 나무, 조각 들에 한참 정신이 팔렸다.

미술관 건물 뒤쪽으로도 아늑한 산책로가 나 있었다. 우린 실내 미술관을 둘러보고 산책로를 걷기로 했다. 미술관에는 박수근 화백의 작품들과 그의 생애가 단정하게 전시되어 있었다. J는 자신이 경험하지 못한 시대 이야기에 매료된 듯 영상 자료에 귀를 기울이고 작품 한 점 한 점을 정성껏 감상했다.

작품마다 흐릿하고 희미한 색의 물감들이 겹겹이 쌓여 울퉁불퉁하고 투박한 세계가 펼쳐졌다. 나무는 오래된 나무의 색으로, 바위는 무수한 풍화를 견딘 색으로, 옷은 닳고 낡은 섬유의 색으로, 사람들은 고단함과 평온함 그 사이 어디쯤의 색으로.

그림 속 사람들은 대체로 길 위에 있었다. 우물가나 빨래터, 시장, 골목길에. 나는 길 위에 있는 그들의 표정에 매료되었다. 사람들의 얼굴은 선명히 보이지 않았는데 이상하게도 그 표정을 알 것 같았다. 너무 알 것 같아 다가가 아는 척을 하고 싶었다. 환한 웃음도, 찡그린 슬픔도, 아찔한 관능도, 터질 듯한 광기도 없었지만 그 사람의 생이 풍기는 한숨을, 지겨움을, 고단함을 곁에서 지켜보는 것 같았다. 표정은 얼굴에만 드러나는 게 아니라 어깨에, 고개의 각도에, 등과 팔에 다 드러나는 거였다. 표정은 얼굴의 주름이 만드는 게 아니라 삶이 몸에 새기는 윤곽이었다.

모르는 이들에게 비춰진 그들의 아는 표정은 마음 어딘가를 쓰다듬었다. 나와 액자 속 그들 사이 어딘가에 고즈넉한 공간이 있어 그 공간에 철퍼덕 앉아 이야기를 시작할 수도 있을 것 같았다. 아주 긴 이야기를. 혹은 한숨처럼 짧은 이야기를. 위로도 필요 없고 해결책도 필요 없는, 그저 이야기일 뿐인 이야기를. 그렇게 두런거리다 보면 날이 저물고 검은 개가 짖고, 집으로 돌아가는 사람들의 무리를 따라 나도 집으로 돌아갈 것만 같았다. 박수근의 그림이 주는 이 고요한 착각과 환시는 따뜻하고 아늑했다.

J가 좋아했던 어린이 미술관, 백이 좋아했던 건축물과 나무를 모두 감상한 뒤 미술관 둘레로 난 산책로를 따라

천천히 길었다. 작은 숲 빨래터와 박수근 산소를 지나 산책로가 이어졌다. 산책로 분위기 탓인지, 겨울 날씨 탓인지 우린 평소보다 말수가 적었고 두리번거리며 조금은 천천히 걸었다. 산책로 벤치에 앉아서 이따금 그림 속 사람들에 대해 이야기하기도 했다. 늙지도 낡지도 않은 채 침묵의 순간에 박제된 누군가의 삶과 표정을 떠올리다 보니 천천히 해가 눕고 있었다. 검은 개도, 아이를 업은 소녀도 없는 저녁이었지만 검푸른 공기가 번져 풍경의 모서리를 흐릿하게 어루만졌다. 박수근 화백의 그림처럼.

옛것의 시간

고모산성

성곽길에는 특유의 결연함이 있다. 촘촘히 올라간 돌 마디마다 조금의 허술함도 용납하지 않으려는 고집스러운 견고함이 느껴진다. 높은 곳에서 강이나 도시를 한눈에 내려다보는 위엄도 근사하다. 다만 활과 포를 쏴 필사적으로 막아야 할 적이 없는 이 시대의 나른함과 성곽의 결연함이 잘 어울리지 않을 뿐이다.

문경 고모산성도 그렇다. 삼국 시대에 험한 절벽을 이용해 바깥쪽으로 벽을 쌓은 산성은 이후 여러 시대를 거치며 증축과 개축이 반복되었고 지금은 그 일부만 남았다. 비장할 필요가 없어진 고모산성은 이제 감상하며 걷기 좋은 산책로가 되었다. 가만히 들여다보면 견고한 돌 틈새로 작은 꽃이나 풀이 자라기도 하고, 덩굴이 성벽을 타고 지나가기도 한다. 구식이 된 성벽은 이제 유순해질 대로 유순해져 고집 사이로 꽃도 피우고, 결연함을 침범하는 이들도 순순히 받아준다.

산성에서는 영강과 기암절벽 그리고 그 풍경을 가로지르는 철로와 국도가 내려다보인다. 진남교반이다. 원래 존재하던 자연과 인간이 만든 것들이 조화롭게 어울린다고 해 절경으로 꼽히는 곳이다.

그날은 무척 더웠다. 태양이 성곽 돌들을 뜨겁게 달궜고 등에 땀이 흘러내렸다. 벌겋게 달아오른 얼굴에도 땀이 흘렀고 머리카락이 달라붙어 몰골이 지저분해졌다.

"이 배낭 이제 바꿔야겠어."

나는 공연히 배낭을 탓했다.

"왜? 망가졌어?"

"지퍼 부분이 해져서 여닫기가 불편해. 너무 구식이기도 하고."

사실 지퍼가 그렇게 불편하지는 않았다. 그리고 그렇게까지 구식도 아니었다. 하지만 늘 그렇듯 구식은 절정에서 조금 지나 어정쩡하고 허름하게 느껴지는 것들이다. 크리스마스 다음 날의 트리처럼, 촛불 끈 생일 케이크처럼. 이

배낭 역시 처음 살 때 느꼈던 산뜻함은 사라지고 어느샌가 허름하게 느껴졌다. 문득 등줄기와 얼굴에 땀을 흘리고 있는 내 몰골의 원인이 그 허름함인 것처럼, 마치 내 취향의 전부를 배낭이 설명해주는 것처럼 느껴졌다. 새 배낭을 메면 땀을 흘려 조금 엉망이 되어도 좋은 취향을 가진 사람처럼 보일 것 같았다. 물론 산속 성곽길에서 배낭만으로 내 취향을 추측할 사람은 아무도 없다. 결국 중요한 것은 누군가의 존재 여부가 아니라 스스로를 허름하게 느끼는 나 자신이었다.

"아깝기는 하다. 아무튼 배낭도 그동안 고생했네."

백이 아쉬워하며 말했다.

'고생'이라는 단어에 무수한 길들이 스쳤다. 그러고 보면 이 배낭을 메고 많은 길을 걸었다. 안개가 벽처럼 막아서던 호숫가, 눈이 무릎까지 쌓인 길, 온몸이 젖도록 비가 내리던 어느 사찰, 너무 힘들어서 풀썩 주저앉았던 산길. 어느 길에서건 이 배낭은 삶은 달걀이나 초콜릿, 텀블러에 뜨겁거나 차갑게 보관된 커피 같은 것을 보물처럼 품고 있다가 길의 고비마다 신중하게 꺼내어주곤 했다. 순간 마음이 살짝 흔들렸다. '조금 더 쓸까? 아직 멀쩡한 부분이 훨씬 많기는 한데.'

성곽길은 '토끼비리'라고 불리는 작은 오솔길과 연결되어 있었다. 우리는 '토끼'와 '비리'라는 단어로 이런저런 시시한 농담을 주고받으며 오솔길로 접어들었다. 알고 보니 토끼비리는 태조 왕건이 군을 이끌고 진군하다 이 숲길에서 길이 막혔는데, 마침 그곳을 지나던 토끼가 벼랑을 타고 달아나는 것을 보고 길을 찾아 다시 진군하게 되었다는 설화에서 생긴 이름이었다.

좁고 가파른 험도에는 나무 덱이 깔려 있어 그리 어렵지 않게 길을 걸을 수 있었다. 다만 한참을 쉬지 않고 걸었던 터라 조금 지친 우리는 나무 그늘로 들어가 맨땅에 털썩 주저앉았다. 그러자 뜨겁고 바쁘던 세상이 일순 고요해졌다. 내 수다도, 배낭 안에서 텀블러와 알루미늄 통이 마찰하며 내던 소음도, 우리 발걸음 소리도 없어진 세상에는 나무 사이를 느긋하게 지나다니는 바람 소리만 있었다.

"삼국 시대의 누군가도 이 길을 지나갔겠지?"

"조선 시대의 누군가도 이 길을 지나가다가 헌 봇짐을 새 봇짐으로 바꾸고 싶었을지 몰라."

우린 수백 년 전 이 길을 지나갔을 사람들을 생각했다. 과거를 보러 가던 선비도 있었을 것이고, 성을 지키던 군사도 있었을 것이고, 주막집 주인도 있었을 것이다. 이 험도를 지나며 누군가는 신발이 망가져 난처했을 것이고, 누군가는 산적을 만났을 것이다. 누군가는 평생토록 남을 좋은 동행을 만났을 것이다. 저 빽빽한 나무들 사이로 들어온 반짝이는 햇빛을 만나기도 했을 것이고 산등성이를 타고 넘어온 시원한 바람에 더운 등을 말렸을지도 모른다.

문득 새 배낭을 사야겠다는 생각이 들었다. 아무리 험한 길이라도 이따금 부드럽고 시원한 곳을 지날 때도 있으니까. 살다 보면 새것이 주는 산뜻함으로 통과해야 하는 시간도 있으니까. 그렇다고 해서 허름해진 그 무엇이 통과한 시간마저 허름해지는 것은 아니니까.

그해 늦여름, 고모산성과 토끼비리를 걷던 나는 진지하게 새 배낭을 사야겠다고 결심했다. 이제는 진짜 구식이 된 성곽에 오후 해가 기다랗게 누웠다.

말랑한 비애

율곡습지공원

늦은 오후였다. 책을 읽다가 오래전 연필로 밑줄을 그어 둔 문장이 눈에 들어왔다.

> 나는 삶에게 극히 사소한 것만을 간청했다. 그런데 그 극히 사소한 소망들도 삶은 들어주지 않았다. 한 줄기의 햇살, 전원에서의 한 순간, 아주 약간의 평안, 생명을 유지할 수 있을 정도의 빵…… 그런데 이 정도의 소망도 충족되지 못했다. 마치 어떤 사람이 마음이 악해서가 아니라 단지 외투의 단추를 풀고 지갑을 꺼내기 귀찮아서 거지에게 적선을 베풀지 않은 것처럼, 삶을 나를 그렇게 대했다.*

비관적인 문구였다. 아무 울적함도 없이, 심지어 다소 푸근하고 달뜬 마음으로 오후를 보내고 있던 내게 그 문구

* 페르난두 페소아, 배수아 옮김, 《불안의 서》, 봄날의책, 2014, 32쪽.

에 그은 밑줄은 생경했다. 아마 저 문장을 읽을 때의 나는 어떤 좌절에 허덕이고 있었음이 분명하지만 그 좌절이 무엇이었는지는 잘 기억나지 않았다. 흐릿하게 밑줄을 그은 연필 자국만이 당시 내 좌절의 흔적을 증명해줄 뿐이었다.

낮잠 자던 백을 채근해 텀블러에 커피를 따르고 귤 몇 개를 챙겨 산책에 나섰다. 오랜만에 찾은 율곡습지공원은 뭉툭하게 못생겨져 있었다. 이 공원은 좋은 계절이 되면 작은 들판에 청보리며 유채꽃, 코스모스 등을 심어 그 계절의 느낌을 충실하게 조성한다. 정리된 구획에 질서정연하게 조성된 계절은 다음 계절이 오면 새 계절을 전시하기 위해 싹둑 잘리거나 뭉텅 뽑혀나간다.

피었다가 자연스레 지는 평범한 생명의 속성을 이어나가지 못하고 오로지 피기만 할 뿐, 지기 전에 무참히 삭제되어서인지 이 전시용 들판에는 특유의 번들거림과 유약함이 있다. 봐주는 이 없는 길섶에 저 혼자 피어 악착같이 살아내는 들꽃과는 다른. 깔끔하고 아름답지만 얇고 위태로운.

가을도 겨울도 아닌 어중간한 계절에 도착한 들판에는

메마르고 앙상해진 땅에 윤기 잃은 누런 풀들이 가득 누워 있었다. 한때 포토 존이었던 원두막과 벤치에는 흙먼지가 탁하게 얼룩졌고, 붉은색 하트 모양의 조형물은 제 모습이 어색한 듯 뻘쭘하게 서 있었다.

불과 몇 달 전까지만 해도 다채로운 색의 코스모스와 황금빛 갈대가 살랑이던 들판을 기억했던 나는 문득 서먹해져 들판 입구에서 머뭇거렸다. 어쩌면 그 서먹함은 겨울이 되어서야 온전히 제 모습으로 누운 들판의 솔직함 때문일 수도 있고, 마르고 차가운 계절이 주는 어떤 촉감 때문일 수도 있다. 조금 전 읽은 울적한 문장이 떠올랐다. 마치 정성을 다하지 않은 공원이 나를 차갑고 메마르게 대하는 것 같다는, 다소 비약적인 감상마저 들었다.

뜨겁고 푸른 계절을 좋아하는 내게 황량한 계절은 필요 이상의 비애감을 주곤 한다. 하지만 이런 종류의 비애는 내 의도와 주관이 마음 놓고 키운 감정이기에 고통스럽지 않다. 의도가 개입될 여지도 없이 외부에서 밀어닥치는 단호하고 거대한 슬픔과 달리, 감상적 비애는 다분히 선택적이다. 특히 슬픔은 기쁨보다 선택하기 쉬운 감정이라 조금만 노력하면 쉽게 물렁물렁해진다.

그 물컹함에 빠져 나 자신이든 계절이든, 그 무엇을 실컷 연민하다 보면 감정의 모서리가 흐릿하게 번져 다른 감정들까지 물컹거리게 만든다. 그런 감정은 선명하고 예리한 펜이 아니라 뭉툭해진 연필로 그은 밑줄 같아서 언제든 무안해지면 슬며시 지울 수 있다. 돌이킬 수 없는 선명함이 아닌, 두루뭉술하고 흐린 그 밑줄이 확인해주는 내 감정의 촉감은 좀 더 유연하고 느긋하다.

적당히 말랑해진 비애를 안고 푸르지도, 뜨겁지도 않은 들판을 천천히 걸었다.

"꽃들이 다 졌네."
"그때 저쪽 꽃길에서 사진도 찍었는데."
"핫도그 팔던 트럭도 없어졌네."

유채며 코스모스를 너무 몰인정하게 심고 버리네, 사람들이 많아 너무 북적거리네, 먹거리 노점이 너무 많아 지저분하네 하며 투덜거렸던 과거의 나와 달리 지금은 그저

제 계절을 착실하게 살고 있는 공원에 두루뭉술하게 번진 내 감정을 투사하고 있었다. 혹독한 계절의 문턱에서 전시용 계절을 벗어던진 들판은 한결 홀가분해 보였다. 제 생을 다해 죽은 풀과 눈치 보지 않고 산 풀이 뒤엉켜 있었다. 그 혼재의 공간에는 묘한 편안함이 감돌았다. 이 또한 내 감정에서 버무려진 편안함일 테지만. 적당한 서운함과 느긋함이 얽혀 마치 그 길을 처음 걷는 사람처럼 설레었다.

파주의 겨울을 찾아 날아온 철새들이 드문드문 지나갔다. 푸르고 무성했던 나무는 거추장스러워진 잎사귀들을 떨군 채 앙상했다. 페소아가 그토록 간절히 원했던 한 줌의 빛이 이 공원에서는 흔한 축복처럼 구석구석 쏟아져 내렸다. 어쩌면 공원이 원했던 것은 죽은 풀들 위로 쏟아지는 햇빛일 수도 있다. 아니면 죽어가는 것들이 편히 죽을 수 있는 차갑고 냉담한 그늘일 수도 있다. 페소아의 말을 빌리자면 햇빛은 악해서가 아니라 귀찮아서, 공원의 바람 따위를 들여다보고 일일이 그 빛을 분배하기 성가셔서 제 마음대로 쏟아지는 것일 수도 있다. 그 무심함이 오후의 공원에 심드렁하게 부유하고 있었다.

아무래도 상관없었다. 그때 나의 바람은 텀블러에 담긴

따뜻한 커피와 주머니에서 꺼낸 시원한 귤로 사소하게 충족되었다. 물론 공원을 나서 일상으로 돌아가면 살아온 날들만큼이나 거대해진 욕망에 또다시 사소한 좌절을 할 테지만.

알아야 보이는 것들

돔배물에서 빌레못굴 가는 길

할 말이 많을 줄 알았다.
고사리가 옹송그린 숲과
그 숲 한편에 웅크린 어느 동굴에 관해.
하지만 말들은 목울대에 걸려 빠져나오지 못했다.
입 밖으로 나오지 못한 말들이
자꾸만 그 자리에서 울컥하고 넘어졌다.
4월의 바람에 고사리들이 흔들렸다.
오그린 잎사귀를 펴지 않은 연한 고사리들이
넘어진 언어를
나오지 못한 이들을
늙지 못한 이들을
어루만졌다.

4월의 제주는 고사리가 한창이었다. 우리는 고사리와 다른 풀을 잘 구분하지 못했다. 고사리는 그저 여러 종류의

풀 중 하나였고, 그런 풀들이 푸르게 익어가는 숲은 평화롭게만 보였다.

어음리에 도착하니 낮은 돌담과 선명한 색의 지붕을 인 단층집들이 한갓지게 펼쳐졌다. 오래된 분교를 개조한 카페와 도린결 구석까지 환하게 핀 꽃들을 지나, 늙은 나무가 굽어 자란 연못에 도착했다. 돔배물이었다.

백과 나는 돔배물 가장자리 바위에 앉아 텀블러에 담아온 차가운 커피를 마시며 지도를 확인했다. 이곳에서 30~40분 정도만 걸어가면 빌레못굴이었다. 돔배물과 빌레못은 둘 다 연못 이름이다. '돔배'는 도마를 의미하며 따라서 돔배물은 도마가 있는 연못이다. 이 이름에는 사연이 깃들어 있다.

몇백 년 전 이 마을에서 먹을 물이 나오게 해달라고 도마를 띄워 제사를 지내던 중, 큰비에 도마가 가라앉아 사라졌다고 한다. 이후 100여 년이 지나 도마가 다시 떠올랐고 주민들은 이를 신령스럽게 여겨 이곳을 돔배물(돔배못)이라고 불렀다 한다.

빌레못도 연못의 이름이다. 빌레는 평평하고 넓적한 바위나 암반 지대를 뜻하는 제주 방언으로, 빌레못은 너른 바위가 있는 연못이라는 의미다. 빌레못 근처에 동굴이 하

나 있는데, 입구는 눈에 잘 띄지 않을 정도로 작지만 막상 들어가면 어마어마하게 길게 뻗어 있다. 그 길이만 해도 9,000미터가 넘어 국내 최장 용암굴이다. 또 갈림길이 복잡하게 얽혀 있어 한번 길을 잘못 들면 빠져나오기 쉽지 않다. 애월에 있는 입구로 들어갔는데 서귀포 어디쯤의 출구로 나올 수도 있다는 의미다. 내부는 일반인에게 공개되지 않는다.

우린 돔배물에서 빌레못굴 쪽으로 가는 길이었다. 날이 맑아서 눈이 닿는 모든 곳의 모서리가 투명하게 윤곽을 드러냈다. 깨끗한 하늘과 들판이 맞닿아 있었고 이따금 그 너머로 늙은 나무와 먼바다가 보였다. 꽃들이 흔들리고 청보리가 뒤척이는 땅에서 좋은 흙냄새가 났다. 이따금 마주치는 사람들은 하나같이 챙 넓은 모자와 질긴 소재의 바지, 목장갑과 배낭 차림이었고 대부분 마을 주민처럼 보였다. 가까운 곳에 집을 둔 사람 특유의 노련함과 편안함이 공존하는 차림이었다.

마주치는 이들에게 인사를 건넸다. 이 길에서 마주치는 누구와도 인사를 나누고 싶을 만큼 좋은 봄날이었다.

"안녕하세요. 고사리 캐러 왔나 봐요."

모자와 장갑 차림의 주민이 기분 좋게 인사를 받아주며 물었다.

"아뇨, 고사리랑 풀 구분도 못해요."

내가 대답하자 주민이 웃으며 말했다.

"그게 캐기 전에는 안 보이는데, 일단 시작하면 그것만 보여요. 온 숲이 다 고사리예요. 고사리만 보인다니까."

"저희는 빌레못굴 가는 길이에요."

"아……."

빌레못굴이라는 말을 들은 주민의 말끝이 쓰고 무거웠다.

"거긴 입구를 지나치기 쉬워요. 가다 보면 연못이 나오는데, 조금 더 가면 나무가 있고 공터가 나와요. 거기가 동굴 입구예요."

그는 길을 꼼꼼히 알려주었다.

길은 좋은 시처럼 유려하게 이어졌다. 이름 모를 꽃들이 헤픈 웃음처럼 번진 길이 한 행, 돌담이 가지런히 이어진 길이 또 한 행, 오래된 나무와 들판이 또 한 행을 보탰고 이따금 풀벌레와 새 들이 운율을 더했다. 끝도 없이 걸으

면 끝도 없이 좋은 시가 이어질 것 같았다.

길에 홀려 한참을 정신없이 걷고 나서야 우리가 굴 입구를 지나쳤다는 걸 알게 되었다. 다시 되돌아가야 했지만 지루하지 않았다. 돌아가는 길에서는 또 다른 시들이 구불구불 이어졌다. 한참을 걷다 보니 이윽고 허름한 나무와 잡목 사이로 빈터가 보였다. 빌레못 입구였다.

굴 입구는 쇠문으로 굳게 닫혀 있었다. 입구는 한 사람이 간신히 드나들 정도로 좁고 어두웠다. 안내판과 표지석이 없었다면 그곳에 그토록 거대한 굴이 있다는 사실을 알지 못했을 것이다. 백과 나는 굴 입구에 있는 안내판과 표지석을 천천히 읽었다. 우린 아무 말도 하지 못했다. 가슴에서 일어난 말들이 목울대에 울컥거리며 걸려 넘어졌다. 우린 추모의 기도를 했다.

제주도의 거의 모든 곳이 그러하듯 빌레못굴에도 4·3의 고통스러운 기억이 담겨 있다. 이 동굴에 스물아홉 명의 주민들이 숨어 있다가 토벌대에게 발각되어 학살당했다. 발각되지 않은 엄마와 어린 딸은 동굴 안에서 길을 잃고 굶주려 죽었다. 동굴 입구로 나온 어린 남자아이는 돌에

메쳐졌다. 제주도에서 헤아릴 수 없이 많은 가족과 젊은이와 노인이 무참하게 학살당했고, 집과 마을이 통째로 침범당한 채 사라졌다. 이 참혹한 역사는 한동안 잘 알려지지 않았다. 보려 하지 않는 이들에겐 보이지 않았다. 고사리처럼.

제주도 곳곳이 참화의 현장이었지만 나나 백이 교과서에서 배웠던 제주도의 슬픈 역사는 채 한 페이지를 넘지 않았다. 하지만 보지 않는다고 사라지는 것은 아니어서, 이 역사는 증언을 통해 꾸준히 확인되고 있으며 지금도 계속 진행 중인 문제다.

나도 아직 4·3을 알지 못한다. 자료 몇 페이지 읽은 것으로 알거나 보았다고 말할 수는 없다. 하지만 이제 보기 시작했으니 제주도의 반짝이는 바다와 푸른 마을, 검붉은 밭담을 지날 때마다 그날의 역사가 보일 것이다. 보일 때마다 기억하려 한다. 이 짧고 사소한 추모는 아무것도 아닌 채로 사라지겠지만 적어도 그 시간만큼은 더 깊은 바다가, 더 오래된 마을이, 더 아픈 밭이 보일 것이다. 그리고 전혀 다른 시를 읽게 될 것이다.

빌레못굴 입구에서 한참을 서성이다 돌아서 나오는데

백이 어딘가를 가리키며 작은 소리로 말했다.

"어! 고사리다!"

나무 밑 응달에 고사리 한 무더기가 잎을 잔뜩 웅크리고 있었다. 이제 우리 눈에도 고사리가 보이기 시작했다.

숲의 언어

머체왓숲길

숲은 넓은 목장에서 시작했다. 이 평원에서 걸음을 멈춰도 좋겠다는 생각이 들 만큼 넓고 아름다운 목장이었다. 태양은 어느 한구석도 버리지 않으려는 듯 목장 구석구석 내리쬐고 있었다. 목장을 조금 지나니 아스팔트 깔린 길이 나왔고 그다음엔 드문드문 나무가 이어진 풀숲이 나왔다. 숲이라 불리기엔 조금 멋쩍은 듯 여리고 조심스러운 규모였다. 그렇게 10여 분을 더 걸어 들어가니 완연한 숲이었다. 목장에 쏟아져 내리던 햇빛은 키 큰 나무들 사이로 먼지처럼 흩어졌다.

비자림, 사려니숲, 곶자왈 등 제주의 숲을 사랑하는 사람이라면 머체왓숲도 사랑하게 될 것이다. 처음에는 머체왓숲길이라는 이름이 입에 잘 붙지 않아 어려운 외국어를 발음하듯 더듬거렸다. 영어 단어에서 어근을 파악하듯 한 단어 한 단어 짚다 보니 그제야 '머체왓숲길'이라는 이름이 열렸다. '머체'는 돌을, '왓'은 밭을 의미하는 제주도 방언이다. 숲길은 내가 아는 그 의미니, 머체왓숲길은 돌밭이 있는 숲길이다.

우리가 머체왓숲에 들어간 날은 따뜻하고 맑았다. 걷기만 해도 다리에 운율이 실리고 경쾌하게 숨이 들락거렸다. 지도 앞에 서니 1코스는 휴식년제로 탐방이 중단되었다는 안내문이 보였다. 2코스인 머체왓 소롱콧길로 가야 했다. 머체왓이라는 이름을 간신히 익혔는데 다시 소롱콧이라는 단어 앞에서 막혔다. 다시 단어를 더듬었다. 소롱은 작은 용을, 콧은 숲을 의미하는 곶의 변형이다. 소롱콧은 작은 용을 닮은 지형의 숲이었다.

백과 나는 돌밭이 있고 작은 용을 닮은 머체왓 소롱콧길로 들어섰다. 길은 원점으로 회귀하는 순환 코스로 약 6.3킬로미터였고 대략 2~3시간 정도 소요될 것 같았다.

푹신하게 깔린 야자 매트를 따라 길이 이어졌다. 들어서자마자 '숲'이라는 단어가 환기하는 모든 광경이 펼쳐졌다. 깊게 드리운 그늘과 부드러운 이끼, 삼나무, 편백나무, 참꽃나무, 황칠나무, 동백나무, 모새나무, 구실잣밤나무, 종가시나무 등 풍요로운 수종들, 이름 모를 꽃과 풀과 관목 들이 겹겹이 펼쳐졌다. 그 무수한 생명들은 서로를 침

범하거나 해치지 않으면서 공존하고 있었다.

높게 뻗은 나무들은 허공에서 부딪히거나 뒤엉키지 않고 섬세하게 공간을 유지했다. 잘려나간 나무의 밑동은 이끼를 키웠고 튼튼하게 뻗은 나뭇가지는 작은 덩굴들의 터가 되어주었다. 동물과 식물은 서로에게 양분을 나눠주었고 나무는 잎을 떨궈 땅을 키웠다. 그 사이로 햇빛이 스며 적당한 곳에 안착했다. 느슨하면서 조밀한 숲은 인간인 내가 알 수 없는 밀도와 속도로 숨을 쉬고 있었다.

숲에 살지 않는 내게 이 숲이 낯설게 느껴질 법도 한데 이상하게 몸에 편안히 스몄다. 숲의 숨결이 내 코와 폐를 거쳐 온몸을 돌 때마다, 머리카락을 쓰다듬고 더운 발과 손가락 마디를 스칠 때마다 익숙하고 편안한 품처럼 느껴졌다.

"우리는 아파트에 사는데 왜 숲이 편한 걸까?"

문득 백에게 물었다.

"글쎄, 몸에 이로울 것 같다는 막연한 느낌 때문인가? 우리 몸은 이산화탄소를 내뱉고 산소를 들이마셔야 하는데, 숲에는 아무래도 좋은 산소가 많으니까."

"그것보다는 우리 몸 어딘가에 숲이 있기 때문일 거야. 숲과 같은 입자가 몸속에 있어서, 내가 이름을 알지 못하는 그 작은 입자들이 숲의 성분을 만나 반가우니까 그런 걸 거야. 나는 숲이야."

그때 내 인기척에 새들이 푸드덕 날아올랐다. 새들이 있던 나뭇가지가 출렁이면서 나뭇잎이 떨어졌다.

"이쪽으로 와. 거긴 길이 아니야."

백이 내게 손짓했다. 둘러보니 사방이 편백나무였다. 길과 숲의 경계가 모호할 정도로 빽빽했다. 거대하고 풍요로운 나무들 사이로 햇빛이 별처럼 부서져 내렸다. 바람이 불자 잔가지가 흔들렸고 빛도 흔들렸다.

문득 나와 숲의 경계가 선명하게 느껴지면서 조금 전의 동질감이 무안해졌다. 나는 숲 한편에 좁게 난 길로만 조심스럽게 다녀야 하는, 일종의 외부자였다. 그런 외부자가 숲 흉내를 내며 애써 의미 부여하는 것이 부질없게 느껴졌다. 몸 어딘가에 숲과 같은 입자가 있다 해도, 나는 숲이

아니었다. 그저 숲을 연모하는 인간이었다. 어떻게든 동질성을 찾아 엮으려던 시도는 맥이 풀렸다.

"죽으면, 언젠가 숲이 되겠지."

조붓한 길이 이어졌다. 숲 한쪽으로 야트막한 돌담이 이어져 있었다. 표지판에는 '중잣성'이라 쓰여 있었다. '잣성'은 농경지와 목장지를 구분하는 경계에 쌓은 돌담으로 제주도의 목축문화 유물이라는 설명이 있었다. 중잣성 옆에는 편백나무가 땅 위로 굵은 뿌리를 드러낸 채 서 있었다.

깊고 좁은 길로 한참 걸어가자 서중천 계곡이 보였다. 이곳이 머체왓임을 증명이라도 하듯 거대한 돌밭이 계곡에 길게 펼쳐져 있었다. 처음 보는 돌의 모습이었다. 방금 누군가 돌로 신나게 반죽 놀이를 하다가 후다닥 숨어버린 듯 온갖 모양의 돌들이 계곡을 따라 무더기로 쌓여 있었다. 고인 물에 돌과 숲이 가만히 흔들렸고 그 위로 뜻밖에 원앙새들이 한가롭게 유영하고 있었다.

우린 서중천 계곡에서 배낭을 잠시 내려놓고 쉬기로 했다. 이번에는 새들을 놀라게 하지 않으려고 조금 떨어진

곳에 앉았다. 백은 신비로운 돌무더기를 이리저리 살피며 사진을 찍었고, 나는 다이어리를 펼쳐 조금 전 무안했던 동질감에 대한 단상을 끄적였다.

서중천 계곡을 지나 잎사귀가 짙푸르게 반질거리는 동백나무 숲을 통과해, 이끼와 고사리가 나란한 응달을 지나자 달콤하고 서늘한 숲의 냄새가 옅어졌다. '숲유치원'이라고 된 공터가 나왔고 옆으로 차들이 다니는 도로가 흘끗 보였다. 이내 우리가 처음 길을 시작했던 목장이 보였다. 시계를 보니 3시간 정도 지나 있었다. 뒤를 돌아보았다. 방금 빠져나온 곳인데도 한없이 멀게 느껴졌다. 간신히 머체왓이나 소롱콧 같은 언어를 배운 내 뒤로, 숲은 저희들만의 언어를 속삭이며 내가 죽어서야 도달할 수 있는 저희들만의 시간으로 늙어가고 있었다.

불시착의 미학

한탄강 물윗길 트래킹

"구례 섬진강 길은 복구가 좀 됐으려나."

"한창 수해 복구 중이었으니 거의 다 되지 않았을까?"

백과 나는 명절을 보낸 후 연천 연강나룻길을 걸으려고 이른 새벽부터 나섰다. 명절 음식인 만두와 여행지 이야기에서 시작해 끊임없이 수다가 흐르던 도중 백이 갑자기 정신이 든 듯 말했다.

"그런데 연천에 백마고지역이 있었나? 고석정?"

우리는 멈춰야 할 지점을 한참 지나 있었다. 수다에 정신이 팔려 3번 국도를 따라 계속 온 것이다. 사실 이런 일은 처음이 아니었다. 심할 때는 강원도에 가려고 길을 나섰다가 전라도 광한루에 도착했던 적도 있었다. 내비게이션을 켜지 않고 길 찾기를 자신한 탓이다.

"이쪽으로 가면 철원인데?"

"철원에 걸을 곳이 있는지 찾아볼게."

그렇게 해서 철원 물윗길 트래킹을 시작하게 되었다. 철원 물윗길은 태봉대교에서 시작해 은하수교와 승일교를 지나 고석정, 순담계곡까지 이어지는 코스다. 근사한 주상절리 사이로 하얗게 언 한탄강의 풍광이 아름다운 겨울 산책로다. 어떻게 보면 나쁘지 않은 선택이었다. 우리는 매표소에 도착해 입장권을 구매했다.

"입장권은 두 분 합해서 만 원인데 지역화폐로 만 원을 다시 드려요. 철원 내 어지간한 식당이나 상점, 택시에서도 이용 가능하니 요긴하게 사용하세요."

만 원을 내고 만 원을 받으니 무척 좋은 거래를 한 기분이었다. 엉겁결에 오게 된 철원에서 지역화폐 만 원을 챙겨 물윗길 트래킹을 시작했다.

물윗길은 고석정까지는 6.15킬로미터, 순담계곡까지는 8킬로미터가량 이어진다. 수십만 년 전 분출한 용암이 한탄강을 메워가며 파주와 문산까지 흘렀고, 그 용암이 굳으면서 용암대지가 생겼다. 이후 상류에서 다시 강이 흐르며 현무암으로 된 용암대지를 조각했다. 4각에서 8각까지 다양한 형태의 현무암 주상절리는 그렇게 탄생했다. 이 신비로운 지질공원은 철원과 포천, 연천 등지까지 이어져 있다. 우리가 파주에서 연천을 지나쳐 이곳까지 오게 된 것은 어쩌면 한탄강이 우릴 끌어당긴 것일 수도 있겠다 싶었다.

물윗길에 들어서자 정말 물 위에 띄운 부교가 펼쳐졌다. 부교는 11월에서 4월까지만 운영한다고 되어 있었다. 2월에 철원으로 불시착한 백과 나는 뜻밖의 행운이라며 한껏 들떴다. 부교를 밟을 때마다 발밑에서 한탄강이 출렁거렸다. 길은 산책 종합 세트처럼 다채로웠다. 부교를 지나니 울퉁불퉁한 돌길이 나왔고 또다시 부교를 건너니 커다란 주상절리가 펼쳐졌다. 길옆 둔덕으로 겨울나무의 우듬지가 가지런한 눈썹처럼 이어졌다.

이내 허공을 가로지르는 은하수교가 보였다. 이곳에서 회귀하는 사람도 많았다. 물윗길은 특이하게 일방통행으로만 갈 수 있어서 아무 데서나 돌아갈 수 없었다. 은하수교는 더 걷지 않을 사람들이 회귀할 수 있는 지점이었다.

그곳에서 연인이 싸우고 있었다. 여자는 돌아가고 싶어 했고 남자는 더 가고 싶어 했다. 우리도 잠시 망설였다. 일찍 출발해 경기도에 갈 예정이었던 탓에 슬슬 배가 고파졌기 때문이다. 우리가 망설이는 사이, 싸우던 연인 중 남자가 화가 난 듯 성큼성큼 걸어갔고 여자는 더 화가 난 듯 남자의 뒤를 따라갔다. 우린 더 가기로 했다. 연인의 싸움이 어떻게 끝날지 궁금했다기보다는 겹겹의 포장지가 벗겨지듯 쉼 없이 바뀌는 길에 매혹되었다고 치자.

거칠던 돌길은 부드러운 모랫길과 흙길로 바뀌었고 길이 바뀔 때마다 풍광도 변했다. 흰 얼음과 아직 봄의 물기가 오르지 않은 갈색 나무들, 검푸른 강과 겨울의 회색 하늘이 헐겁고 느긋하게 풀어졌다. 가끔 언 강 위로 찬바람이 훅 불었다. 그때마다 이곳이 철원이라는 사실을 상기했다. 오기 전부터 지나치게 수다를 떨었던 탓에 백과 나는 묵묵히 걷기에만 전념했다.

슬슬 다리가 뻐근해질 무렵 거대한 고드름이 보였다. 승일교였다. 아직도 그 연인은 떨어져서 걷고 있었다. 그들이 각각 입은 보라색 점퍼와 흰색 점퍼는 멀리서도 눈에

잘 띄었다. 우린 더 가보기로 했다.

고석정으로 가는 길에는 소나무 숲이 펼쳐졌다. 왼쪽으로는 여전히 한탄강이 흐르고 있었다. 평탄했던 나무 덱을 내려가니 흙길과 자갈길이 또다시 펼쳐졌다. 그리고 마침내 반가운 부교가 나왔다. 고석정이었다. 연인이 고석정 앞에서 어깨에 팔을 두른 채 웃으며 사진을 찍었다. 우린 길을 멈췄다.

"배고픈데 만둣국이나 먹으러 갈까?"

백이 뭔가 허탈한 듯 말했다.

우린 근처에서 식사한 뒤 지역화폐 만 원으로 택시를 타고 출발지로 돌아왔다. 잘못 들어간 영화관에서 엉뚱한 영화를 본 기분이었다. 얼어붙은 강과 절벽 사이로 흐르는 강에 물윗길과 흙길과 돌길과 모랫길이 펼쳐지고, 그 길로 사이가 시무룩해진 행인 1, 2가 조금 떨어져 걷고, 그 뒤로 어정쩡하게 걷는 행인 3, 4가 등장하는 영화. 인물들이 모두 빠져나간 뒤에도 계속 상영되는 영화. 얼음이 녹고 햇빛이 부서지고, 꽃이 피고 초록이 무성해지고, 잎이 지고 바람이 불고, 다시 얼음이 얼고 눈이 내리는. 아무도 모르는 엔딩이 끝도 없이 순환하는 그런 영화를.

지난 바다로부터

신두리 해안사구

바람을 본 적이 없다. 흔들리는 식물의 기척이나 머리카락 사이로 들어오는 시원한 감촉으로 짐작만 할 뿐, 본 적은 없다. 어디에서 왔는지, 어디로 가는지도 알지 못한다.

바다를 본 적은 있다. 하지만 바다를 안다고는 말하지 못한다. 지구와 달 사이에서 흔들리는 바다의 시간과 그 안에서 태어나고 죽어가는 무수한 생명들을 알지 못한다. 같은 이유로 모래의 생애도 알지 못한다. 어떤 바위에서 어떻게 부서졌는지, 언제부터 그곳에 있었는지 모른다.

내가 이 세상에 오기 훨씬 전부터, 지구가 우주에 태동하던 그 순간부터 내가 알지 못하는 물질과 현상이 환청처럼, 환시처럼 흘러 내가 사는 서쪽 바다 한편에 자그마한 언덕을 쌓았다. 지구의 입장에서는 자그마한 언덕이었겠지만 우리 눈에는 거대한 언덕이다.

"이모, 발에 자꾸만 모래가 들어가."

조카 J의 분홍색 샌들 사이로 모래가 자꾸만 파고들었다. 모래밭을 걸은 경험이 적은 J는 감촉이 이상했는지 난감해했다.

“신발에 모래가 들어가지 않는 법을 알려줄까? 신발을 벗으면 돼.”

J가 까르르 웃으며 신발을 벗었다. 나도 벗었다. 멀리서 백이 우리 뒷모습을 찍고 있었다.

코로나 때문에 학교를 가지 못해 힘들어하는 J와 함께 신두리 해안사구를 찾았다. 마스크 뒤에서 숨을 가리며 지낸 지 1년이 넘은 어느 날 오후였다. 다행히 사람은 적었고, 바다와 모래사장은 오랜만에 바깥 공기를 쐰 J의 마음을 사로잡았다. 여전히 바닷바람은 마스크를 통해 여과해 들어왔지만 그것만으로도 숨통이 트이는 것 같았다.

신두리 해안사구는 수만 년에 걸친 침식작용과 퇴적작용으로 생긴 거대한 사구 지형이다. 안내문에는 해류의 움직임으로 운반된 모래가 파랑에 의해 밀어 올려지고, 겨울의 탁월풍이 다시 그 모래를 구릉으로 쌓아 형성된 지형이라고 설명되어 있었다. 하지만 이 언어들을 초등학교 2학년인 J에게 그대로 전달하기엔 무리가 있었다. 나는 책자를 펼쳐 J가 이해하기 쉬운 말들을 골라 다시 정리해보았다.

먼저 해안에서 육지로 바람이 불면서 모래가 이동하고, 그 배후에 모래에서 사는 선구식물이 정착한다. 선구식물이 덤불을 이루면 거기에 모래가 쌓이고 조금씩 사구가 쌓인다. 이렇게 사구가 점점 커지면서 안정기에 접어들고 덤불과 수목 군락도 점점 자라 수림지가 형성된다.

나는 심호흡을 하고 어른다운 말투로 J에게 물었다.

"J, 사구가 어떻게 만들어지는지 알아?"

"응."

"안다고?"

J의 대답에 당황한 나는 다시 물었다.

"어떻게 만들어지는데?"

"바람이 모래를 날라서 생기는 거래. 아까 사구센터에서 봤어."

J는 나보다 훨씬 단순하고 명료한 언어로 사구를 이해하

고 있었다. 게다가 이렇게 덧붙였다.

"이모, 여기에 표범장지뱀도 있고 개미귀신도 엄청 많이 산다! 아까 이모부가 개미귀신 굴에 모래를 살살 뿌렸더니 모래를 발로 막 찼어."

그러고 보니 아무리 복잡하고 정교한 언어로 이 지형을 이해한다 해도 정말 안다고 말할 수 없을 것 같다는 생각이 들었다. 안다기엔 바다와 모래와 바람의 시간은 나의 시간과 너무 달랐다.

우린 길게 이어진 나무 덱을 따라 걸었다. 모래에 반사된 4월의 햇살은 조금 더웠지만 J도 나처럼 태양을 좋아했다. 백은 사진을 찍느라 우리보다 한참 앞서거나 뒤처졌는데, 에너지 넘치는 J는 백과 나 사이를 쉬지 않고 뛰어다녔다. J는 나와는 비교도 되지 않을 정도로 가볍고 싱그러운 시간으로 살아가고 있었다.

J의 말대로 곳곳에 개미귀신이 먹이를 잡으려고 파놓은 구덩이들이 있었고, 그 구덩이에 조금이라도 모래가 들어오면 신경질적으로 팍팍 쳐내기까지 했다. 이따금 표범장

지뱀이 후다닥 지나가기도 했으나 너무 빨라서 자세히 볼 수는 없었다. 길은 지루하지 않았다. 우린 갯메꽃, 띠, 갯그령 같은 낯선 식물의 푯말을 볼 때마다 그 식물들을 찾아보았고, 발견하면 친한 친구를 만난 듯 반가워했다.

거대한 모래언덕 앞에 도착한 J는 입을 다물지 못했다. 황금빛의 모래언덕에는 바람의 자국이 그대로 새겨져 있었다.

"꼭 눈물 자국 같아."

J가 들릴락 말락 한 혼잣말로 중얼거렸다. 언덕에는 모래의 눈물인지, 바람의 흔적인지 모를 자국이 주르륵 흘러내리고 있었다.

길은 침염수림이 우거진 곰솔생태숲으로 이어졌다. 숲을 빠져나오니 다시 거대한 모래언덕이 오르막으로 이어졌다. 그렇게 조금 올라가자 갑자기 바다가 확 펼쳐졌다. 순비기언덕이었다. 바다는 은색으로 찬란히 반짝였고 수평선과 하늘의 경계가 희고 옅게 흩어졌다. 이제 해는 저 옅은 경계선 너머로 잠길 것이고, 저녁이 올 것이다. 지구

는 부지런히 제시간을 향해 갈 것이다.

우린 언덕에서 바다로 내려갔다. 해가 조금씩 내려앉고 있었다. 바다도 조금씩 빠져나가고 있었다. 저 멀리 뛰어가는 J의 분홍 점퍼가 점점 짙은 색으로 보였다. 태양과 바다와 모래와 바람이 내가 알지 못하는 시간 속으로 자꾸 멀어졌다. 어쩌면 J는 설명할 수 있을 것 같은 시간 속으로.

포말의 섬

매물도 해품길

거제 저구항에서 매물도 당금항으로 가는 배 뒤로 하얀 바다 거품이 일었다. 끊임없이 생겼다가 허망하게 물결 언저리로 흩어지는 거품. 문득 영화의 한 장면이 떠올랐다. 폴 토머스 앤더슨 감독의 영화 〈마스터〉. 나는 이 영화를 무척 좋아한다. 특히 무너질 듯 위태로운 호아킨 피닉스와 서늘하고 단단한 고 필립 세이모어 호프먼의 연기는 더할 나위 없이 매혹적이다. 특히 두 배우가 문답을 나누는 장면은 숨조차 쉬어지지 않을 정도로 흡입력이 강하다.

하지만 나를 사로잡고 평생 놓아주지 않는 장면은 따로 있다. 바로 바다 거품이 하얗게 부서지는 장면이다. 배가 물을 가르고 지나간 자리에 하얗게 일어난 거품이 부서지고 뒤엉키며 물살을 어지럽히는 장면. 어떤 이유에서인지 그 장면은 마음 어딘가를 건드렸고 나는 눈물을 터뜨렸다. 영화에서는 바다 거품 장면이 총 세 번 나오는데 세 번 모두 펑펑 울었다. 눈물을 흘릴 만한 부분이 전혀 아니어서 함께 영화를 보러 갔던 일행은 의아하고 걱정스러운 표정으로 휴지를 건네주었다. 나는 내가 왜 슬픈지도 모른 채 주체할 수 없이 흐르는 눈물을 휴지가 너덜거릴 때까지 닦아내야 했다.

매물도로 들어가는 배 뒤편에서 멍하니 거품을 바라봤다. 흰 포말이 마음 어딘가를 끊임없이 두드리고 부수는 듯했다. 그건 통증보다는 공허에 가까운 느낌이었다. 부서진 마음 어느 한자리에서 우두커니 먼 곳을 보는 느낌.

저구항에서 8시 30분에 출발한 첫 배는 아침의 바다를 순조롭게 가르며 나아갔다. 백은 배의 앞쪽에서 다가오는 풍경을, 나는 배의 뒤쪽에서 멀어지는 풍경을 주로 감상했다. 정확히 45분 뒤에 배는 당금항에 도착했다. 4시 30분에 떠나는 마지막 배를 타기 전까지 7시간은 오롯이 이 섬에서 보내야 했다. 섬 한 바퀴를 도는 데 약 7킬로미터 남짓이니 보통 걸음으로 3시간 정도, 느릿느릿 걸어도 4~5시간이면 충분하다지만 마지막 배나 섬 같은 단어들은 왠지 모르게 묘한 긴장감을 주었다. 백도 설레는 표정으로 섬을 둘러보고 있었다.

파주의 2월과 매물도의 2월은 많이 달랐다. 집에서 4~5시간을 이동한 것뿐인데, 매물도에는 이미 다른 계절이 시작되고 있었다. 나무들은 물기가 올라 통통해져 있었고 둔덕에는 초록의 기운이 무연히 번지고 있었다. 몇 시간 만에 계절의 가파른 결계를 넘은 기분이었다.

작은 오르막 골목을 들머리로 잡았다. 대부분 이곳에서 장군봉을 향해 섬을 한 바퀴 도는 코스로 걷는 듯했다. 벽화가 그려진 담장과 그 너머 매끄럽게 윤기가 감도는 동백나무 잎사귀가 아침 햇빛을 받아 반짝였다. 그 길을 따라 올라가면 매물도 분교가 나온다. 폐교된 학교 운동장에 야영객들이 작은 텐트를 치고 옹기종기 모여 있었다.

매물도 분교를 지나 당금마을 전망대에서 잠시 섬을 둘러보고 다시 길을 따라 걸었다. 걷는 곳마다 황홀한 에메랄드빛과 진하고 푸른 남색이 섞인 바다가 어른거렸고 여린 풀과 관목이 부드럽게 흔들렸다. 언덕 능선을 따라 길이 순순히 이어졌고 동백나무가 우거진 숲도 나왔다. 숲의 바닥에는 붉고 아름다운 동백꽃이 흩어져 있었다. 마치 나무에서 떨어져 나왔다는 사실을 잊은 듯 싱그럽고 아름다운 모습이었다.

"이건 뭐지? 씨앗인가?"

백이 땅에 떨어진 동백 열매를 주워 이리저리 살펴보았다.

"열매가 터지면서 씨앗을 퍼트리나 봐."

동그란 열매가 씨앗을 단단히 움켜쥔 채 웅크리고 있다가 어느 날 툭 터지는 장면을 상상했다. 나무의 세포였다가 내가 알지 못하는 어떤 복잡한 과정을 거쳐 단단한 열매 안에 응축되었고 갑자기 툭 세상에 던져진 씨앗들을, 나무라는 세상에 살다가 또 다른 세상에 투척되어 또 다른 나무로 살아가게 될 씨앗의 시간을 상상했다.

장군봉으로 가는 길은 오르막과 내리막이 번갈아 나왔다. 길은 어렵지 않았으나 여름이었다면 무척 더웠을지도 모른다는 생각이 들었다. 2월인데도 햇빛이 따가워 내내 외투를 벗고 걸어야 했다.

조금씩 땀이 나기 시작했다. 몸이 더워지고 걸음에 탄력이 붙었다. 심장에서 추진된 동력이 다리에 힘과 운율을 더해 몸을 밀고 나가기 시작했다. 저 멀리 관념적으로 보이던 풍경이 몸으로 들어왔다가 뒤로 물러갔다. 좋아하는 순간이다. 오직 걷는 행위에 도취되어 쉼 없이 밀고 나가다 보면 숨이 차오르고 종아리가 뻐근해진다. 이런 고단함은 불쾌보다는 유쾌에 가까운 감각이어서 의도적으로 제어하지 않으면 정신없이 걷게 된다. 그렇게 걷다 보니 작은 쉼터가 나왔다.

오직 섬과 바다만 있는 공간. 그곳에서 바다를 바라보았다. 멀리 바다의 주름처럼 물결이 접혔다 펼쳐졌고, 주름의 가장자리에 흰 거품이 보였다. 이곳에 들어오면서 바라보았던 바다의 거품이 겹쳤다.

거품이 밀려왔다 나갈 때마다 어떤 시간도 밀려왔다 밀려갔지만 기억의 방문房門 앞에서 사라졌다. 그 어떤 기억의 방도 열리지 않았다. 문 앞까지만 밀려왔다 밀려가는 거품 너머로 오래전 성급하게 세상을 떠난 이들이 희미하게 떠올랐다. 사랑했고, 사랑하는 이들이. 그들을 보낸 기억의 자국이 거품의 자리에서 거품의 크기로 번졌다. 다시 가슴이 욱신거렸다. 잡을 수도 없고, 만져지지도 않는 통증이 쉼 없이 하얗게 부서지고 또 부서졌다.

"날이 좋으면 여기서 대마도까지 보인다는데, 저게 대마도인가?"

백의 목소리에 주위를 보니 또 다른 전망이 펼쳐졌다. 홍도와 대구을비도, 소구을비도 같은 섬들이 드문드문 흩어져 있었다. 대마도는 보이지 않았다.

우린 조금 더 걷다가 바다가 잘 보이는 바위에 준비해 온 음식을 펼쳤다. 매물도에 식당이나 매점이 없어서 편의점에서 사 온 삼각김밥과 달걀, 샌드위치, 음료수, 초코바가 전부였지만 넓은 바위에서 탁 트인 바다를 전망하며 먹는 점심은 호화롭고 느긋했다. 음식을 꺼내자 주위에서 까마귀들이 모이기 시작했다. 영리한 녀석들은 음식을 보지 않는 척하다가 우리가 부스러기를 멀찍이 던지면 잽싸게 채갔다. 부스러기를 우리 가까이 두면 절대 다가오지 않았다. 가진 음식 중 그나마 영양가가 좋은 계란 노른자를 조금 나눠주며 식사를 마치고 다시 걷기 시작했다.

장군봉으로 향하는 길은 한시도 바다와 멀어지지 않았고, 장군봉 역시 조용하고 아름다웠다. 해발 210미터밖에 되지 않는 언덕이지만 평평하고 낮은 바다 위에 우뚝 선 봉우리는 꽤 높게 느껴졌다. 장군봉부터는 길을 아껴 걸었다. 길의 끝을 만나기가 아쉬워서 걸음이 자꾸 느려졌다. 아까

겸상을 했던 녀석들인지 아닌지 모르겠으나 이따금 까마귀들이 우리 곁을 지나갔다. 또 놀랍게도 흑염소와도 마주쳤다. 흑염소와 까마귀가 있는 언덕은 꿈처럼 몽환적이었다. 바람이 부드러운 실처럼 나풀거리며 길을 쓰다듬었고, 저 멀리 바다에서는 배들이 흰 선을 그리며 지나갔다.

걷다 보니 꼬돌개오솔길이었다. 대매물도에 있는 단 두 마을, 대항마을과 당금마을 사이에 난 길이었다. 동백나무와 후박나무가 아름다운 이 길이 꼬돌개로 불리게 된 데에는 슬픈 사연이 있다. 200년 전, 매물도 초기 정착민들이 척박한 이 섬에서 흉년과 괴질로 고꾸라졌다고 해서 꼬돌개로 불리게 되었다고 한다. '꼬돌아졌다'는 고꾸라졌다의 사투리다. 꼬돌개오솔길을 지나 조금만 가면 대항마을이다. 비현실적인 풍광 속에 있으니 이 길을 통과하고 나면 다른 세상이 나올 것 같았다.

"이 길을 다 걸었는데 사실 우리가 전혀 다른 시간을 통과한 거라면 어떡할까? 혹은 도착한 곳이 당금항이 아니라 전혀 다른 세계면?"

"당금항을 찾아가야지. 거기서 마지막 배를 타야지."

"우리가 10년쯤 더 나이 든 모습으로 빠져나오면 어쩌지? 그곳에서도 우리는 우리일까?"

"10년 동안이나 배를 기다린 우리가 아닐까? 지금보다 살이 좀 더 찌고, 책을 더 많이 쓰거나 번역하고, 사진을 더 많이 찍게 된 우리. 아마 좀 더 못생겨졌을지도 몰라. 네가 목숨 걸고 사수하는 자외선차단제도 못 발랐을 테니."

언덕을 내려오자 마을이 나왔다. 대항마을 선착장이었다.

"이것 봐! 정말 당금항이 아니라 다른 곳이잖아!"

내가 호들갑을 떨었다.

"여기서 조금만 더 걸어가면 당금항이야."

우린 꿋꿋하게 걸었고 마침내 당금항에 도착했다. 마지막 배가 들어오고 있었다. 6시간 정도 늙은 우리가 탄 배 뒤로 흰 거품이 일었다.

매화의 비극

매화마을

백과 나는 동굴 속에 웅크리고 있었다. 아무것도 보이지 않는 캄캄한 동굴에 숨어든 우리는 들키지 않으려고 숨소리를 죽였다. 밖에서 까마귀가 공중을 유유히 날아다녔다. '저 까마귀와 눈이 마주치면 안 되는데'라고 생각하는 순간 까마귀와 눈이 마주쳤다. 새까만 눈동자가 나를 빤히 응시했다.

그때 띠링, 휴대폰 문자 수신음이 울렸다. 머리카락이 쭈뼛 섰다. 허둥지둥 휴대폰을 끄려 했지만 어두운 동굴이라 보이지 않았다. 띠링, 다시 한번 휴대폰 문자 수신음이 울렸다. 이 소리를 들은 까마귀 떼가 동굴 입구로 몰려왔다. 온몸의 피가 머리로 쏠리는 기분이었다. 심장이 터질 것 같았다. "여기 있네!" 까마귀 무리 중 하나가 소리쳤다. 이상하다 생각할 틈도 없이 백이 외쳤다.

"도망쳐!"

몸을 움찔하며 잠에서 깼다. 얼마나 긴장했던지 등이 축축했다. 방금 도망치라며 긴박하게 소리치던 백은 평온하고 깊은 잠에 빠져 있었다. 얼마 전 평창의 매화마을에 다녀온 뒤로 꾼 꿈이다.

처음 매화마을을 찾은 것은 늦은 겨울, 혹은 이른 봄이었다. 남쪽 어딘가에 홍매화가 피었다고도 했고 강원도 어딘가에 폭설이 내렸다고도 했다. 매화마을 음지에는 아직 녹지 않은 눈이 굳어 있었고 양지에는 쑥이 올라와 있었다. 매화는 없었다.

매화마을에는 원래 매화가 없다. 이곳의 '매화'는 꽃이 아니라 '매 때문에 입은 화'를 의미하기 때문이다. 흔히 매화라는 단어는 결곡한 자태의 매화꽃을 연상시키지만, 매화마을의 매화는 죽음 혹은 비극이라는 단어에 닿아 있다. 이는 오래전 마을에서 일어난 어느 비극적인 사건 때문에 생긴 이름이다.

임진왜란 때였다. 이 깊은 마을에도 왜적이 쳐들어왔다. 거대한 절벽에는 크고 작은 굴이 십여 개 있었는데 그중 두 곳으로 주민들이 피신했다. 하나는 군수 일행이 피신한 관굴이었고 또 다른 하나는 일반 주민이 피신해서 민굴이었다. 두 굴은 약 200미터가량 떨어져 있었는데 관굴로 피신한 군수 일행이 민굴과 연락을 주고받는 수단으로 매를 활용했다. 매의 발목에 서신을 달아 날리는 방식으로 소통하던 어느 날, 방울 소리가 적에게 발각되었다. 굴에 있던 사람들은 험한 지형을 활용해 전투를 벌였으나 결국 굴은 함락되었다. 사람들은 죽거나 포로가 되었고 군수의 아내는 강에 몸을 던져 자결했다.

우리는 마을 초입 작은 공터 주차장에 차를 세우고 '매화마을 녹색길/오솔길'이라 써진 이정표가 가리키는 곳으로 걸어 들어갔다. 오솔길과 임도, 아양정, 평창강, 응암굴이 있는 절벽 그리고 출발지로 회귀하는 순환 코스였다. 거의 외길에 가까워서 길을 헤매거나 잃을 염려는 없었다.

백과 나 그리고 작업실 동료이자 동네 친구인 S. 이렇게 셋이 눈과 햇빛 사이를 천천히 걷기 시작했다. 처음 오는 마을, 처음 본 숲길인데도 마치 아는 곳을 걷는 듯한 기분이 들었다. 숲길의 풍광이 다른 지역이나 마을에서 자주 본 그것과 겹치는 부분이 있어서인 듯했다. 우거진 소나무

와 관목, 다소 어정쩡한 위치에 어색하게 있는 칠 벗겨진 벤치들, 손뼉을 앞뒤로 치며 걷는 주민들, 작은 정자, 어디선가 풍기는 마른 풀 타는 냄새. 이 기시감은 어딘지 모르게 고요하고 아늑했다.

천천히 늦겨울의 햇살을 만끽하며 길을 걷는데 갑자기 영화에서 장면이 전환되듯 풍광이 바뀌었다. 숲길이 끝난 것이다. 숲길이 끝난 지점부터는 잘 매만져진 밭과 짙은 평창강, 곧게 뻗은 흙길이 이어졌다. 그 위로 농도 짙은 햇살이 쏟아졌다. 바람이 불자 윤기 없이 마른 풀 부스러기들이 햇살 사이를 부유했다.

드물게 조용한 시간이었다. 내가 사는 곳의 오후는 이렇게 조용하지 않다. 누군가 휴대폰으로 통화하는 소리, 아파트 안내 방송, 자동차 지나가는 소리, 상가에서 흘러나오는 음악 소리, 대형 슈퍼마켓에서 마지막 기회이니 절대 놓치지 말라며 필사적으로 외치는 광고 소리 들이 뒤범벅되어 있다. 나는 대체로 그런 소리와 풍경을 적당히 차단하기 위해 이어폰과 휴대폰 화면에 골몰하는 편이다. 이렇게 순전히 풍광과 냄새, 빛과 오후를 만끽하는 시간은 드물다.

여행을 좋아하는 여러 이유가 있겠지만 그중 하나는 그냥 그 공간에 내 감각을 편안히 풀어놓는 순간 때문이다. 햇빛을 받아 반짝이는 먼지나 강이 흘러가는 소리, 먼 허공을 비행하는 새와 다채로운 식물의 냄새. 이어폰으로 귀를 막거나 휴대폰 화면에 온 감각을 집중하지 않아도 되는, 그저 모든 감각이 느긋하고 편안하게 흥얼거리는 그 시간 때문이다.

또 다른 이유는 뒤틀리고 삐죽하고 기이한 그 지역만의 무엇 때문이다. 그 무엇은 오랜 전설이 담긴 한 그루의 나무일 때도 있고, 깊은 숲일 때도 있고, 정체 모를 울적함을 소환하는 분위기일 수도 있다.

매화마을의 경우는 절벽이었다. 절개산 자락 한 면을 뚝 잘라낸 것 같은 절벽을 이루는, 노인의 얼굴처럼 주름진 암석에는 드문드문 구멍이 나 있었다. 그 구멍 어딘가에 '매화'라는 기구한 말을 만든 비극이 있었다. 몇백 년 전의 일이지만 컴컴한 굴속에서 움츠렸을 이들을 생각하면 마음 어딘가가 칼로 베인 듯 서늘하고 아릿하다.

우리 셋은 벤치에 앉아 우두커니 절벽을 바라보았다. 절

벽 어딘가에서 먼 과거, 알지 못했던 이들의 소리 없는 공포와 절망이 영화처럼 재현되는 듯했다. 꼭 잡은 손이 다 젖도록 쏟아냈을 공포의 물기, 매의 발목에 걸었을 얇고 위태로운 희망, 그리고 그 새의 작은 방울 소리가 몰고 온 엄청난 비극에 서렸을 절망. 공포와 희망과 절망의 절벽에 해가 붉게 드리웠다. 몇백 년 전의 비극을 안전한 거리에서 상상하는 후손들에게도 그 해가 드리웠다. 매화마을에 저녁이 오고 있었다.

눈의 침묵

오대산 선재길

한순간의 침묵에 한평생의 말보다 더 많은 것이 깃들기도 한다. 나는 침묵을 사랑하지만 침묵하는 법을 알지 못한다. 그 텅 빈 순간을 견디지 못할 때도 있고 그리워할 때도 있다. 어느 쪽이든 침묵은 내게 기척도 없이 들어와 멋대로 머물다가 성급히 사라지곤 한다. 내 의지와는 상관없다.

말을 참거나 소리를 없앤다고 침묵은 아니다. 발화되지 않은 언어들은 침묵보다는 말에 가까운 지대에 놓인다. 말들이 가득 고여 있는 시끄럽고 어수선한 지대. 내가 원하는 건 그 언어들마저 빈 고요의 공간이다. 말들이 시끄럽게 뒤엉키지 않고 그저 일생처럼 흘러가는 곳. 아무 말도, 아무 생각도 붙잡을 필요가 없는 곳. 그곳을 침묵이라 믿는다.

눈이 왔다. 푸른 전나무에, 월정사 검푸른 기와에, 팔각구층석탑에, 석조보살좌상의 어깨에 눈이 쌓였다. 어디에

도 닿지 않은 눈들은 허공을 떠돌다 흩어졌다. 우리는 우두커니 서서 월정사 경내에 내리는 눈을 보았다. 떨어져 닿는 모든 순간에 소리를 내는 비와 달리 눈은 어디에 닿아도 소리를 내지 않는다. 그 흰 고요는 주위의 소리를 흡수한다. 이따금 먼 곳에서 소리들이 어른거렸지만 눈 때문에 흩어지거나 묻혔다. 월정사에는 온통 눈과 고요뿐이었다.

눈은 소리를 덮고 산을 덮었다. 월정사와 상원사를 잇는 숲길은 희고 아득했다. 걸을 때마다 이제 막 태어난 눈에서 신선한 비린내가 풍겼다. 세상의 면과 선과 모서리가 하얗게 지워질 때마다 그 세상을 처음 만난 사람처럼 마음이 설레었다.

선재길을 걷기 시작했다. 눈 내리는 숲길은 처음이라 조금 무섭다던 S의 어깨와 걸음도 조금씩 부드럽게 풀어졌다. 백과 나는 오랜만에 만난 설국에 들떴다. 우리의 두려움과 설렘은 고스란히 숨이 되어 마스크에 조금씩 맺혔다. 우리의 숨은 너무 따뜻했고, 눈은 너무 차가웠다. 마스크는 그 사이에서 이러지도 저러지도 못한 채 자꾸만 축축해졌다.

하얗게 언 오대천 너머로 이따금 바람이 휙 불어오면 눈이 계곡처럼 흐르듯 흩날렸고 이따금 전나무에 내려앉았던 눈이 후드득 떨어졌다. 우리 걸음은 점점 더 분주해졌다.

"선재길이 왜 선재길이냐 하면, 문수보살이 있는데……."

"만항재에서도 이런 눈을 만난 적이 있는데……."

우린 눈의 세상에 완전히 취했다. 아무 말이나 해도 기뻤고, 모든 말들이 눈송이처럼 가볍게 흩날리며 선재길을 부유했다. 이따금 웃음이 흘러나와 말의 송이들을 이리저리 흔들었다. 회사거리를 지나고 섶다리를 지날수록 발이 차가워졌다. 마스크는 말들의 무게가 축축하게 엉겨 붙어 더 무거워졌다.

매서운 삭풍이 불어왔다. 쌓여 있던 눈이 공중으로 부유했고 내리던 눈과 합쳐지며 그 자리에서 빙글빙글 맴돌았다. 바람은 이미 내린 눈과 내리는 눈을 데리고 그렇게 한동안 떠돌다가 다시 스르륵 내려놓았다.

그때 그 순간의 적요를 기억한다.

혀끝에서 맴돌던 말들이 바람을 따라 허공에 흩어지며

빠져나갔다. 이 순간 소환되던 과거의 순간들도 흩어졌다. 우린 가만히 순간을 응시했다. 소란한 말이 빠져나간 자리에 침묵이 들어왔다.

우리는 다시 걸었다. 다만, 걸었다.

저물고야 마는 저녁

우음도

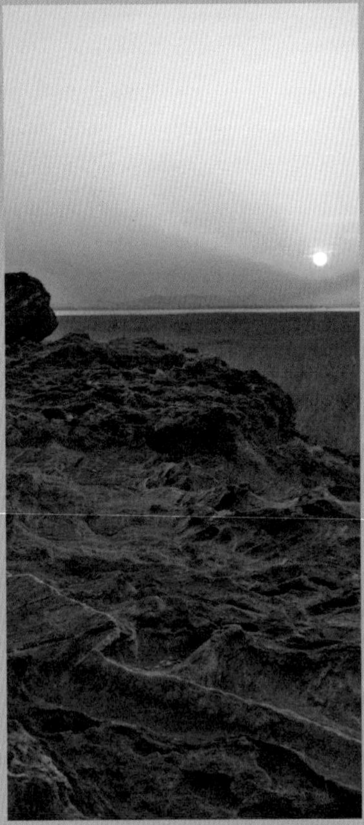

우리가 화성 우음도에 도착한 것은 머나먼 과거로부터 약 18억 년이 지난 어느 겨울이었다. 그곳에는 오랜 세월을 통과하느라 구부러지고, 끊어진 바위들이 있었다. 한때 우음도와 육지 사이에는 바다가 있었지만 시화호 방조제가 생기면서 바다와 섬 모두 육지가 되었다. 물론 그보다 훨씬 오래전, 지구가 지금보다 훨씬 젊었을 때도 이곳은 육지였다.

우음도에는 선캄브리아대 변성암과 중생대 화강암, 습곡과 암맥, 포유암이 아무렇지도 않게 뒤엉켜 있다. 이 오랜 땅에 운동복, 평상복, 화사한 꽃무늬 원피스 등으로 몸을 가리고 카메라, 휴대폰, 등산 스틱 같은 도구를 손에 든 21세기 인류들이 서성이고 있었다. 백과 나도 그곳에 느지막이 도착한 인류였다. 드넓은 평지와 순순한 햇빛에 압도되어 입을 다물지 못하는 어설픈 인류였다.

겨울 들판은 오랜만이었다. 저 멀리 지평선이 바다와 만나 어른거렸고 마른 갈대 사이로 바람이 느슨하게 불었다. 겨울나무들이 혈관처럼 섬세한 가지로 허공을 더듬거렸고 야자 매트가 깔린 길옆에는 수억 년을 늙느라 진뜩 주름진 바위들이 누워 있었다. 걷다 보면 그림자와 마주쳤고, 바람과 마주쳤고, 저녁과 마주쳤다. 그림자와 바람과 저녁 사이로 운동복을 입은 노부부, 멋지게 차려입고 데이트를 하는 연인, 개를 데리고 산책 나온 가족이 풍경의 일부가 되었다.

조급하고 어설픈 인류들이 사진을 찍고, 속삭이고, 우물쭈물하는 사이 지구는 지구의 일을 하고 있었다. 오차 없이 자전과 공전을 하고, 나뭇가지 끝에 연한 봉우리를 매달고, 마른 갈대밭에 바람을 보내고, 며칠 전 내린 빗물을 다시 거둬가고, 조금씩 밤을 불렸다. 지구가 성실하고 빈틈없이 진행되며 무수한 생명의 생사에 관여하는 동안, 철없는 인류는 늙는 줄도 모르고 자꾸만 휴대폰과 카메라에 시간을 박제했다. 그러다 이따금 지구가 하는 일을 멍하니 바라보았다.

철없는 인류와 눈이 마주친 우음도는 느릿느릿 보여주었다. 저녁이란 이렇게 천천히 저무는 거라고. 지구는 이렇게 조용히 도는 거라고. 퇴근길에 마주하는 자동차와 배

달 음식을 실은 오토바이 들이 가득한 도로, 요란한 뉴스를 보며 대충 저녁 식사를 마친 후, 고단한 뒷정리로 저물곤 했던 우리의 저녁이 아득한 시절의 농담처럼 느껴졌다. 천천히 보내지 못한 저녁들이 눈치 없이 다급하게 밀려왔다 슬며시 물러났다.

백과 나는 자꾸 걸었다. 마른 풀이 바스락거리는 길, 어디선가 물기가 올라와 흥건해진 길, 야자 매트가 깔려 푹신하고 부드러운 길, 송신탑이 보이는 길, 나무가 보이는 길, 바다가 보이는 길, 아파트가 보이는 길. 걸어도 걸어도 길에 허기가 졌다.

해는 자꾸만 가라앉았으며 갈대밭과 들판은 열병에 걸린 듯 붉어졌다. 우리 그림자는 조금씩 길어졌다. 심장이 없어 늙지 않는 바위 곁에서 내 심장은 애처로울 정도로 빨리 뛰었고 피는 너무 더웠다. 나는 너무 쉬이 늙고 있었다. 해는 단 한순간도 멈추지 않고 가라앉고 있었다. 지구는 한순간도 자전을 멈추지 않았다. 그 어느 순간도, 단 한 순간도 잡을 수 없었다. 눈을 깜박이는 사소한 순간조차 잡을 수 없구나, 생각하니 문득 눈물이 났다.

기억의 뜸

천은사

"밥 퍼?"

백이 주걱을 들고 물었다.

"이제 퍼?"

몇 분 뒤, 백이 다시 물었다.

"아직."

"이제 푼다?"

20여 분 뒤, 우린 압력솥 뚜껑을 열고 밥을 그릇에 담아 맛있게 식사했다. 전기밥솥이 아닌 직화 압력솥으로 밥을 해 먹다 보니 뜸 들이는 시간을 엄수하는 편이다. 개인적으로 뜸이 잘 든 음식을 좋아한다. 펄펄 끓는 화력이 사라진 자리에 남은 뜨거운 기운이 음식에 스며 부드럽게 이끌어내는 그 맛을 좋아한다.

길도 그런 곳이 있다. 뜸을 들인 뒤 만나야 좋은 길이 있다. 구례 천은사도 그중 하나다. 백과 나는 주차장에 차를 세우고 일주문을 통과해 단도직입적으로 만나는 천은사보다는, 천은제 둘레길을 돌고 아늑한 소나무 숲길을 지나 충분히 뜸을 들인 뒤 만나는 천은사를 좋아한다.

천은사는 신라 흥덕왕 3년에 인도의 승려 덕운 스님이 창건한 고찰이다. 뒤쪽으로는 맑은 소나무 숲길이, 앞으로는 부드러운 호수 둘레길이 있다. 사찰 옆으로 청류계곡이 흐르고 그 물살 위로 오랜 세월을 늙어온 정자, 수홍루가 있다. 아치형 돌다리 위에 고아한 자태로 올라간 수홍루 옆으로 숲이 시작된다. 천은사 앞 호수에는 지리산의 능선과 구례의 하늘이 가만히 담겨 있다. 그 호수 둘레로 조용한 산책로가 나 있다.

우리는 호수 둘레길에서 길을 시작했다. 봄의 호수에서 풍겨오는 옅은 비린내가 마스크 필터를 통과해 기분 좋게 스몄다. 호수는 가만한데 걸을 때마다 풍경이 조금씩 바뀌었다. 구름이 지나가며 모양을 바꿀 때마다, 새가 날아들어 잔잔한 수면에 파문을 일으킬 때마다 호수는 조금씩 다른 풍광을 열어 보여주었다.

이따금 섬약한 민들레 씨앗이 바람을 타고 부유했다. 우리의 기억 속에 차곡차곡 저장되었던 구례의 숲과 길 이야기가 그 씨앗을 따라 마침표 없이 이리저리 같이 부유했다. 백과 나는 구례의 섬진강과 시장을, 오미마을과 운조루를, 화엄사와 구층암을, 천은사와 뚝방길을 이야기했다. 보물 창고처럼 정성껏 지킨 기억은 아니어서 허술하고 끊기고 부푼 구간이 많았지만, 그래도 그 낡고 허름한 기억이 우리의 삶을 푹신하게 지탱해주는 게 좋았다. 우리의 삶에 연고 없는 타지의 숲과 길이 흘러 들어와 있는 게 좋았다.

이상하게도 어느 지역, 어느 길에 얽힌 기억은 다른 곳에서는 잘 소환되지 않다가 그 지역에 가야만 예전의 기억을 만나 비로소 다시 이어진다. 묵은 기억들은 마치 뜸이 잘 든 밥처럼 적당한 농도로 엉겨 붙어 찰지고 길게 이어진다. 백과 나는 반가운 친구를 만난 듯 호숫가 둘레길을 걷는 내내 구례의 추억들을 소환해 이야기했다. 구석구석에서 찾은 추억을 더듬는 사이 어느새 호수 둘레길은 끝나고 일주문이 보였다.

우린 일주문 옆으로 난 숲길로 들어섰다. 그곳에 겨우내 수척해진 소나무들이 성성하게 서 있었다. 그 숲 어디쯤에는 누워서 쉴 수 있는 굴곡진 나무 벤치도 있고, 또 어디쯤에는 차고 맑은 계곡 샘도 있다. 숲길은 오래된 이야기처럼 편안하게 이어졌다. 소나무들 사이로 언뜻 천은사가 보였다.

모든 숲길이 그러하듯 나무와 흙과 바위와 풀 들이 아무 일도 일어나지 않는 정물처럼 보이지만, 작은 돌 하나만 들춰도 그 안에서 내가 알지 못하는 세계가 먹고 먹히고, 살고 죽어가며 쉼 없이 흘러가고 있다. 시들어 떨어진 나뭇잎도, 죽은 곤충의 몸도 흙에 스며 숲의 생명을 계속 이어준다.

숲의 공기는 마지막까지 살뜰하게 살아낸 것들이 내쉬는 숨으로 가득했다. 이 숲의 숨은 내 기억 어딘가를 꽃씨처럼 떠돌다가 언젠가 내가 이곳에 다시 왔을 때 소환되어 푸른 기억으로 활짝 꽃필 것이다. 내 삶에 그렇게 부유하는 기억의 씨앗들이 있다는 것이 삶이 지나치게 허기지지 않으리라는 약속 같아 든든하다.

숲을 거의 다 빠져나올 무렵 커다란 소나무 너머로 사찰 지붕에서 한창 기와를 수리 중인 기와공들이 보였다. 기와

공의 신중한 손놀림이 지나갈 때마다 검은색 기와가 한 장씩 가지런히 얹혔다.

"기와를 고치나 보다."

백이 그들을 보며 말했다.

"그러게. 수백 년을 버텼고, 앞으로도 또 버텨야 하니까."

부드러운 바람 끝에 연하게 꽃 내음이 묻어 왔다. 조금 누운 해가 따뜻하게 어깨에 내려앉았다. 우린 수백 년 된 커다란 소나무 뒤에서 기와공들이 작업하는 광경을 지켜보았다.

문득 이 꽃 내음과 소나무, 기와공들의 모습도 기억의 씨앗이 될 것 같은 생각이 들었다. 아무 일도 일어나지 않았지만 어쩌면 이 사소하고 평온한 순간이 언젠가 내 삶의 언저리에서 흔하고 환한 꽃을 불쑥 피울 것 같다는 생각이 들었다. 그들을 뒤로하고 조금 더 걸으니 비로소 천은사였다. 일주문을 코앞에 두고 몇 시간씩 뜸을 들여가며 호수와 숲길을 걸어 도착한 천은사에 환한 햇살이 쏟아졌다.

모두의 첫 순간

비수구미마을 가는 길

"이모 왜 강이 하얀색이야?"

여행에 함께 온 조카 J가 물었다.

"강물이 얼어서 그래."

"우와, 예쁘다. 나 강물 언 거 처음 봐."

언 강에서 눈을 떼지 못하는 J의 볼이 설렘과 추위로 발갛게 상기되어 있었다. 세상과 만난 지 10년도 채 되지 않은 J는 무수한 '첫'들과 조우 중이었다.

내 '첫'은 그곳에 없었다. 있다 해도 두껍고 완고해진 내 감각으로는 잘 감지되지 않았다. 난 더 이상 '첫'에 설레지 않았다. 살면서 무수한 '첫'을 만났다. 더러는 옅은 설렘으로, 더러는 생경한 충격으로. 첫눈, 첫사랑, 첫 여행, 첫 산행……. 이젠 새로운 '첫'을 만나기도, 느끼기도 어렵다. 투명하고 보드라운 J의 첫 감수성을 물끄러미 바라볼 뿐이다.

비수구미마을 가는 길에는 산길과 강길이 있다. 산길로 가려면 해산령쉼터에 주차하고 이정표가 가리키는 작은 숲길을 따라가면 된다. 우린 강길을 택했다. 내비게이션에 화천읍 비수구미길 470을 찍고 출발해 비포장 흙길이 시작되는 작은 공터에 차를 세웠다. 왼쪽으로 북한강이 희게 반짝이며 구불거렸다. 파로호로 들어가는 강이었다. 오른쪽에는 기암절벽과 숲이 단단하게 버티고 있었다. 가운데로 난 흙길과 강은 철조망으로 분리되어 있었는데, 아름다운 풍광 속에선 철조망마저 쓸쓸하고 근사해 보였다.

아파트 숲에 사는 J는 처음 만나는 풍경에 어쩔 줄 몰라 하며 연신 뛰어다녔다. J의 운동화 아래로 쉴 새 없이 부드러운 흙먼지가 일었다.

백이 언 강에 작은 돌 하나를 던지자 돌과 얼음이 마찰하며 묘한 공명음을 냈다. 작은 돌과 얼음에서 시작한 소리는 언 강에 파문처럼 번지더니 공중으로 올라와 기암절벽에 부딪혔다. J의 눈이 커다래지더니 이내 무구한 웃음을 터트렸다. 눈에서 시작된 웃음은 입으로, 어깨로, 온몸으로 번졌다. J에게 첫 메아리가 통과하는 중이었다. 딱따구리가 나무 쪼는 소리도, 이름 모를 새의 높고 섬세한 지저귐도 순순하고 천진하게 J를 통과했다.

1시간 남짓 강을 따라 천천히 걷다 보니 작은 선착장이 나왔다. 우린 선착장에서 오른편으로 난 작은 숲길로 접어들었다. 비수구미마을로 들어가는 오솔길이었다.

"아이고, 꼬마 아가씨가 이 외진 곳에 무슨 일로 오셨을까?"

숲길 초입에서 마주친 어르신 한 분이 J에게 반가운 인사를 건넸다. J는 백과 내 얼굴을 번갈아 보며 조금 멋쩍어하더니 조그만 목소리로 대답했다.

"숲속 마을에 가요. 집이 세 개뿐인 마을이래요."

"마을 가는구나. 그 세 집 중 한 집이 우리 집이란다. 조심히 가렴."

J에게 인사를 건넨 어르신은 비수구미마을 주민이었다. J는 영화 주인공이라도 만난 듯 할아버지에게서 눈을 떼지 못했고, 인사를 하고 돌아선 뒤에도 연신 흘끗거렸다.

숲길로 들어서자 풍광은 아늑해졌다. 짙은 숲에 오솔길과 나무 덱이 편안하게 이어졌다. 강길과는 전혀 다른 소담한 길이 펼쳐졌다. 소나무와 관목 사이로 겨울 햇살이 따뜻하게 어른거렸다.

"이모부, 우리 숲속 마을 도착하면 뭐 할 거야?"

"배가 고프니 맛있는 밥 먹을까? 세 집 중 한 집에서 맛있는 밥을 판대."

백과 J는 먹고 싶은 음식들을 이야기하며 숲길을 걸었다. 이따금 관목에 가려 풍경이 보이지 않는 구간에서 백은 J를 번쩍 안아 저 멀리 흐르는 북한강을 보여주었다. J는 매 순간 감동했고 매 순간 웃었다.

30분 남짓 걷자 커다란 나무가 눕다시피 자라고 있었다. 백은 또다시 J를 번쩍 안아 나무 위에 앉혀주었다. 나무에 처음 앉아본 J는 발을 동동 구르며 즐거워했고 우린 J를 보며 즐거워했다. 나무 뒤로 작은 출렁다리가 나왔다. J가 그토록 고대하던 숲속 마을이었다. 마을 강아지들이 졸린 눈으로 우리를 물끄러미 바라보았다. 순하고 조용한 눈빛을

한 녀석들에게 백과 J가 인사를 건넸다.

맑은 냇물과 작은 집 몇 채가 있는 산속 마을이었다. 아쉽게도 원래 먹으려 했던 산채비빔밥은 먹지 못했다. 코로나 때문에 단체 손님이 끊기면서 식당이 잠시 휴업 중이었기 때문이다. 배낭에 챙겨간 간식거리로 가볍게 점심을 해결하는 수밖에 없었다. 아직 얼음이 녹지 않은 개울가의 햇볕이 잘 드는 곳을 골라 초코바와 고구마 말랭이를 꺼냈다. J는 달콤한 간식으로 대체된 식단을 더 좋아했다.

"겨울에 소풍 온 건 처음이야."

J가 초코바를 오물거리며 말했다.

"그러고 보니 이모도 처음이네. 겨울에 숲속 마을로 소풍 온 건."

나도 J의 말을 거들었다.

"이모부도 처음이야. 겨울에 숲속 마을로 소풍 와서 초코바로 점심을 먹은 건."

백이 말꼬리를 이었다.

"그럼 나는, 겨울에 숲속 마을로 소풍 와서 초코바로 점심 먹고 개울가에서 얼음 만진 거 처음이야."

J도 지지 않았다.

2월의 어느 오후, 화천 비수구미마을 개울가에서 무수한 '첫'들이 반짝이며 우리를 통과하고 있었다.

부록

산책길 정보

산책길	주소	산책코스	기타
안반데기	강원 강릉시 왕산면 안반덕길 428	**약 1km / 별이 있는 동안** 안반데기 주차장-멍에전망대	
어흘리 소나무 숲	강원 강릉시 성산면 어흘리 696-2	**6.3km / 약 3시간** 어흘리주차장-삼포암-솔숲교-노루목이-대통령 쉼터-숯가마-주차장	주차장에 차를 세우고 안내소에서 지도를 받으면 좋다.
다산초당과 백련사	**인재개발원** 전남 강진군 도암면 다산인재길 10 **다산초당** 전라남도 강진군 도암면 다산초당길 68-35 **백련사** 전라남도 강진군 도암면 백련사길 145 백련사	**약 2km / 2시간** 인재개발원-다산초당-백련사	인재개발원에서 출발하면 대나무 숲을 걸을 수 있다.
거진항	강원 고성군 거진읍 거진리	**약 1시간** 거진항 마을-흰 등대-방파제-어시장	
중남미 문화원	경기 고양시 덕양구 대양로285번길 33-15	**2~3시간**	타코가 저렴하고 맛있다.
행주산성	경기 고양시 덕양구 행주내동 산26-1	**2시간** 행주산성-역사공원-한강 산책로	월요일은 휴관이고 동절기는 16시까지, 하절기는 17시까지만 입장 가능하며 이후에는 출입이 불가능하다. 노을은 한강에서 감상해야 한다. 주말은 매우 혼잡하다.

산책길	주소	산책코스	기타
깐촌 나루터	경남 밀양시 삼랑진읍 검세리 135	2.5km / 1시간 작원관지-깐촌나루터-작원잔도- 양산경계 쉼터	
충청수영성	충남 보령시 오천면 소성리 661-1	약 1.5km / 30분~1시간 30분 충청수영성-충청수영 장교청(객사)- 성곽길	충청수영성만 돌면 30분 정도 소요되지만, 건너편 객사와 그 뒤로 펼쳐진 성곽길도 무척 아름답다.
길상사와 심우장	**길상사** 서울 성북구 선잠로5길 68 길상사(조계종) **심우장** 서울 성북구 성북로 29길 24 **한국순교복자성직수도회** 서울 성북구 성북로 24길 3 **북정마을** 서울 성북구 성북로 23길 132-3	약 2.5km / 2시간 한국순교복자성직수도회-길상사-심우장-북정마을-한양도성	차를 가지고 가면 성북동 공영주차장에 주차 후 이동하는 게 편하다.
낙산공원	서울 종로구 낙산길 41	약 1~2km / 1시간 낙산공원 길	낙산공원 성곽을 따라 약 2km 정도 내려가면 흥인지문으로 이어진다.
박수근 미술관	강원 양구군 양구읍 박수근로 265-15 박수근 미술관	1~2시간 박수근 미술관-박수근 산소	미술관 뒤편에 산소로 이어지는 좁은 산책로가 있다. 사람이 없고 조용해서 걷기 좋다.
파로호 인공습지 (한반도 섬)	강원 양구군 양구읍 한반도섬길 76	1시간 인공습지 나무 덱	이른 아침의 빈 호수도 아름답다.
통도사 무풍한솔길	경남 양산시 하북면 통도사로 108	1.6km / 1시간 무풍한솔길-통도사	여유가 되면 통도사 뒤 암자들을 잇는 암자순례길을 걷는 것도 좋다. 산길이다.

산책길	주소	산책코스	기타
장도 청해진 유적지	전남 완도군 완도읍 장좌리 787	**40분** 청해진 유적지	그늘이 없다. 해가 약한 시간대를 이용하거나 넓은 모자를 준비하면 좋다.
강진만 생태공원	전남 강진군 강진읍 남당로 97-111 남포축구장	**1시간** 인공 덱	그늘이 없어서 가을이나 일몰 시간에 방문하는 것이 좋다.
산수유마을	**상위마을** 전남 구례군 산동면 산수유꽃길로 227 **현천마을** 전남 구례군 산동면 현천2길 24 현천마을회관	**상위마을 700m / 40분** **현천마을 30분** 상위마을-하위마을 현천마을	산수유가 한창인 주말은 차와 인파가 굉장히 많다.
고모산성	경북 문경시 마성면 신현리	**1.6km** 고모산성-토끼비리 숲길	토끼비리 숲길은 산길이라 가파르고 험한 구간이 많다.
덕수궁 돌담길	서울 중구 세종대로 99 덕수궁	**1.1km** 돌담길	
외옹치항	강원 속초시 대포동	**1.5km / 1시간** 외옹치항-바다향기로-외옹치해수욕장	바다향기로 일부 구간이 공사 중이라 막혀 있다. 롯데리조트로 올라가면 바다향기로로 통하는 길이 이어진다.
율곡 습지공원	경기 파주시 파평면 율곡리 191-3	**30분** 공원산책로	매우 작은 공원이다. 멀리서 온다면 인근 율곡수목원이나 자운서원 등을 코스에 넣으면 좋다.
돔배물 빌레못굴	제주 제주시 애월읍 어음리	**1.5km / 1시간** 어음리 돔배물-빌레못굴	빌레못 입구가 눈에 잘 띄지 않아 놓치기 쉽다. 이정표를 살피며 걸어야 한다.

산책길	주소	산책코스	기타
머체왓숲길	제주 서귀포시 남원읍 서성로 755 머체왓방문객센터	**6.3km / 3시간** 머체왓숲길-소롱콧길	숲에 갈랫길이 많아 길을 잃기 쉽다. 노란 리본 표식을 따라 걸으면 된다.
우포늪	경남 창녕군 유어면 대대리	**1~9.7km / 30~4시간** 생태관-대대제방-사지포제방-숲탐방로 2길-소목마을-숲탐방로 3길-목포제방-우포출렁다리-산밖벌-생태관	원하는 만큼 걸을 수 있다. 미세먼지가 있는 날을 제외하면 어느 때 가도 좋다.
교동 고분군	경상남도 창녕군 창녕읍 교리 129	**1시간** 교동 고분군 산책로	그늘이 없다.
한탄강 물윗길	강원도 철원군 동송읍 장흥리	**6.15km / 약 2시간 30분** 태봉대교-은하수교-마당바위-승일교-고석정	우리는 고석정에서 멈췄으나 길은 순담계곡까지 이어진다. 물윗길은 11월부터 이듬해 4월까지만 열린다.
신두리 해안사구	충남 태안군 원북면 신두해변길 201-54 신두리 사구센터	**1.2~4km / 30분~2시간** 신두리사구센터-초종용군락지-고라니동산-곰솔생태숲-억새골-손비기언덕	초종용군락지 방향으로 길을 시작하면 바닷가에서 길을 마칠 수 있다. 동절기에는 9~17시까지, 하절기는 9~18시까지만 개방되며 바다에서 길을 마쳐야 노을을 보기 좋다. 이 책에는 소개하지 않았지만 근처 두웅습지와 사르습지도 아담하고 아름답다. 그늘은 없다.
해품길	경남 거제시 남부면 저구해안길 60 (거제도 저구항)	**7.2km / 4시간** 해품길	매물도는 통영에 속하지만 배는 거제에서 타는 것이 낫다. 거제에서는 30분, 통영에서는 1시간 30분이 걸린다. 첫 배로 들어가 마지막 배로 나오면 섬을 충분히 즐길 수 있다. 섬에 식당이 없으므로 도시락이나 간식을 준비해야 한다.

산책길	주소	산책코스	기타
출판단지	경기도 파주시 회동길 145 아시아출판문화정보센터	**3~6.5km /30분~2시간** 광인사길-갈대샛강-회동길-지혜의숲-광인사길	여러 방법이 있지만 나는 광인사길 68번지에서 출발해 미메시스에서 길을 건너 회동길로 간다. 거기서 지혜의숲으로 들어가 연못을 따라 걷는다.
오대산 선재길	강원 평창군 진부면 오대산로 374-8 월정사	**9km / 3~4시간** 월정사-상원사	9km의 긴 구간이지만 길은 대체로 평지라 걷기 어렵지 않다. 월정사로 돌아오는 버스편이 있다.
매화마을	강원 평창군 평창읍 매화길 189-43	**4km / 1시간 30분** 매화마을 주차장-아양정-전망대-쉼터-샘물-소공원-전망대-갈림길 우측 소나무 숲길-주차장	산책로에 편의점이나 매점이 없으므로 간식과 물을 준비하는 게 좋다.
멍우리협곡 비둘기낭	**멍우리협곡** 경기 포천시 영북면 소회산길 400 **비둘기낭** 경기 포천시 영북면 대회산리 415-2	**2.km / 1시간 30분** 멍우리협곡-비둘기낭	2021년 현재 멍우리협곡에서 비둘기낭 방향으로 가는 징검다리 구간 일부가 유실되었다.
우음도	경기 화성시 송산면 고정리	**1.65km / 1시간** 우음도 둘레길	그늘이 없다.
비수구미 마을	**시작장소** 강원도 화천군 동촌리 산 325-1 **비수구미마을** 동촌리 2715	**약 3km / 2시간** 화천군 동촌리-비수구미 마을	동촌리 입구 적당한 곳에 차를 세우고 이정표를 따라 걸어가면 된다.